中国好诗

第  季

除了爱和祈祷，我别无长物

吕 达 著

国际文化出版公司
·北京·

图书在版编目（CIP）数据

除了爱和祈祷，我别无长物 / 吕达著. -- 北京：国际文化出版公司，2022.9

（中国好诗．第七季）

ISBN 978-7-5125-1435-5

Ⅰ．①除… Ⅱ．①吕… Ⅲ．①诗集－中国－当代 Ⅳ．①I227

中国版本图书馆 CIP 数据核字（2022）第 182310 号

除了爱和祈祷，我别无长物

作　　者	吕　达
责任编辑	吴赛赛
选题策划	彭明榜
出版发行	国际文化出版公司
经　　销	全国新华书店
印　　刷	北京精彩世纪印刷科技有限公司
开　　本	889 毫米 ×1194 毫米　　32 开 7.5 印张　　　　　　　100 千字
版　　次	2022 年 9 月第 1 版 2022 年 9 月第 1 次印刷
书　　号	ISBN 978-7-5125-1435-5
定　　价	58.00 元

国际文化出版公司
北京朝阳区东土城路乙 9 号　　邮编：100013
总编室：（010）64270995　　传真：（010）64270995
销售热线：（010）64271187　　传真：（010）64271187-800
E-mail：icpc@95777.sina.net

吕达 1989年生于安徽太湖。毕业于南京师范大学。曾参加《诗刊》第三十四届青春诗会。著有诗集《伊甸园纪事》。

万物借着时光仍在磨蚀我们
——读吕达《除了爱和祈祷,我别无长物》

◎ 霍俊明

吕达的这本《除了爱和祈祷,我别无长物》,从题目上看,显然携带着明显的"女性诗歌"的标识或基因,比如情感和经验对诗的介入和渗透。

1.

以《除了爱和祈祷,我别无长物》作为诗集名,对于吕达来说也是个人精神档案的一种特殊纪念方式,就如她上一本诗集名为《伊甸园纪事》一样。

我们还是先来一起感受一下她的《当我们爱的时候，我们在爱什么》这首诗——

> 我去见你是在半世纪以来最冷的那天
> 我们说话，保持头发干净
> 带着两颗石头心
> 我们遇见一个甘愿倒在刀下的人
> 除了爱，我们还需要什么
> 除了爱，我们还能做什么
> 但爱不能长久就不是爱
>
> 狂风呼啸，我独自走回车站
> 晨星没有在我心底显现
> 要知道，你曾将世界分为两部分
> ——你，和其他人
> 而现在，我们都如流沙般脆弱易变

这首诗比较直接，情感态度在自白中立现，就如熔岩喷发般炽烈的情感一瞬间冷却、凝固一样。这首诗可以视为吕达诸多"爱情诗"或"两性诗"中的一首"元诗"，它与其他同一类型和情感向度的文本存在着明显的互文关系。"爱情诗"对于吕达来说是一种可靠或可疑的灵魂方式，这既可能是情感的乌托邦又可能是"异"托邦、"恶"托邦，但是她的责任就是把这欣喜或撕裂的一切都转化为诗。她在此过程中也承担了一个自白者或梦呓者的角色。肉身、灵魂以及词语哪一个更沉重，有时候在现实和诗歌中已经很难分得一清二楚。

这首《当我们爱的时候，我们在爱什么》让我们直接想到雷蒙德·卡佛的短篇小说《谈论爱情时我们都在说些什么》——"我们四人围坐在梅尔家的餐桌旁喝杜松子酒。从水池后面大窗户照进来的阳光充满了厨房。四人里有我、梅尔、梅尔的第二任妻子特芮萨（我们叫她特芮）和我的妻子劳拉。那时我们住在阿尔伯克基。但我们都是外地来的。餐桌上放着冰桶。杜松子酒和奎宁水被不停地传来传去，不知怎么的，我们就谈到爱情这个话题上来了。"（汤伟译）爱情和诗歌一样，往往说不清道不明，甚至更容易当局者迷，而旁观者却有着极其高涨的驴唇不对马嘴的高谈阔论的热情。

2.

吕达于 1989 年出生于安徽安庆的太湖，自中学时代开始诗歌练笔。前几年与吕达碰面，基本都是在去位于北京东城的后圆恩寺胡同的小众书坊时。

进了书店，往往是彭明榜抬头喊一声"吕达，霍老师来啦"，然后吕达就从二层的小阁楼上探出头来打招呼。

关于吕达，我听明榜约略讲过她母亲的病情以及家庭环境的不易，这多少令人有些唏嘘感叹。这本诗集中的《母亲》与《致妈妈》可以作为吕达的个人传记材料来阅读和体会，命运不公，母女相依为命又时有龃龉，而这就是命运的本相——"我服侍她，也跟她吵／但她永远是我漂亮的小可爱／直到时间把我们生生分开""这个世界以黑暗与你为敌／我们共用一双眼睛／孑然一身／一同走世人都走的那条路／不敢对你的光明抱有任何期待／正如我对自己也不抱任何期待／我知道你是天底下最痛苦的人，母亲"。

吕达的诗有沉重的一面，那恰恰是精神负重和艰难处境与词语对应、砥砺、纠结、盘诘和共生的结果——"往前往后往左往右再迈一步都很困难／很多词适用于那时的处境"（《有一年》），"我惊惧／在一张白纸上／词语和我／争夺／同一口空气"（《写作者的自白》）。

"向诗要命"或"向命要诗"是同一个道理，如同"有话要说"和"无话可说"也是一枚硬币的两面。"真正有话要说的人无言／真正相爱的人／

就像眼前的海水／抱着另一片海水／不为牢狱之苦所动"(《在海岸线所想到的》)。

这样精神型构的诗必然要求诗人在现实和精神中都要付出代价。沿着负重、失败、沉默、困境之途，吕达找到了"神性"和"祈祷"构成的"宗教之书"。这种精神向度与泛宗教化的空间也与吕达曾经有过一段西部高原工作的经历有关。这一经历自然体现在了她的诗中。

3.

翻开这本诗集的目录，读者当会注意到第一辑中收录的十六首"给未能道别之人的留言条"系列诗作。它们因为在主题、写法以及风格上明显的谱系性和延展性而可以在整体上被视为主题性组诗或长诗。这种写法，正如当年于坚的"便条集"、雷平阳的"云南记"、臧棣的"丛书""协会""入门"以及陈先发的"九章"一样，会更易于在诗歌界建立起一个写作者区别于旁人的典型标识物。当然，这种显得有些"类型化"和"风格化"的写作对于一部分诗人来说也是具有很大的冒险性的，因为这很容易导致每一首诗之间区别度较低以及整体平面化的效果。此外，吕达还有关于城市境遇下生存状态的"地下铁"的系列诗以及"为……而祈祷"的系列诗。除了《给未能道别之人的留言条》，吕达的这些"高原传记体"的系列诗还体现在第二辑"爱至成伤后的祈祷"中的一部分诗，比如《不远万里》《阿尼玛卿》《花》等诗。它们更接近于灵魂的低语或民谣，不需要任何伪饰的声部，不需要掺着杂质的韵脚，它们纯粹、精简、质朴、真诚，所以倍加动人，比如"祖国辽阔，故乡只有一个。／西藏的名山很多，眼里只认识你放羊的那一座。／情人众多，想见的只有一个"（《不远万里》）。

吕达面对自我的精神渊薮、情感向背、时序流转、自然法则、浮世转徙、异乡体验、城市境遇、现世场景是精敏而多思的，诗歌世界中的她尽管也纠结、不舍、不甘、怨尤乃至无着、虚空和苦痛，但是整体来看她却并没有沉溺其中。她这里没有要么全是、要么全无的雅罗米尔式的精神疾病的怪戾气息，而是类似于经历了风暴之后的宁静、淬火之后的冷却、完整镜像破碎之后的自审、惊惧过后善意的目光以及泅渡中远方灯塔的暖光照拂。她的诗与思都显现出越来越宽阔和深邃的精神境地，它们更多携带了世事大风中苦乐不惊的启示性般的品质和效果——

> 历经世事和时间的熬炼后
> 来自他乡的人去了另一个他乡
> 开辟了新的葡萄园,种上了桑树和槐树
> ——《春天的诗与秋天的诗》

就精神本质而言,吕达是寻求到和开启了一种深度的"对话"方式,用以抵挡"世上的空虚之剑"(《看书的人》),而情感、经验以及想象力的抒发或释放渠道也自然得以拓展,而生命、爱情与宗教之间又总是难分难解、莫可名状的——"世界再古旧,至多只陪伴一代人 / 现在太阳已经过了巨蟹座之界 / 进入狮子座,天会提前半小时黑下去 / 而我违背自然的规律,仍然在爱与不爱里 / 纠缠"(《读哈代》)。

2022 年 5 月 17 日改定

目录

第一辑 沉默年

有一年 / 003
曾经,我以为 / 004
晨祷 / 006
看书的人 / 008
读哈代 / 010
致哈代 / 012
弗罗斯特 / 013
致弗罗斯特 / 014
致嗜书如命者 / 015
在书架前 / 016
诗人的天职 / 018
如果种子不死 / 020
一生 / 021
一首好诗曾来过人间 / 023
写作者的自白 / 024
迷宫 / 025
冬日荒滩 / 026
荒山 / 028
思我故时人 / 030
怀古 / 031

天空 / 033

雨 / 035

97路南京站 / 036

更好的人生 / 038

天上访客 / 040

还乡 / 042

初夏 / 044

春天的诗与秋天的诗 / 046

大自然的美意 / 047

岛屿 / 048

疯狂的月亮 / 049

忘川 / 050

对雪的五种热爱 / 051

雪 / 053

雨——不可能的颂歌 / 054

二月的一天 / 056

人类简史 / 057

在海岸线所想到的 / 059

母亲 / 061

致妈妈 / 062

清晨 / 063

芳邻 / 064

给未能道别之人的留言条1 / 065

给未能道别之人的留言条2 / 066

给未能道别之人的留言条 3 / 068

给未能道别之人的留言条 4 / 070

给未能道别之人的留言条 5 / 073

给未能道别之人的留言条 6 / 075

给未能道别之人的留言条 7 / 077

给未能道别之人的留言条 8 / 079

给未能道别之人的留言条 9 / 080

给未能道别之人的留言条 10 / 081

给未能道别之人的留言条 11 / 082

给未能道别之人的留言条 12 / 084

给未能道别之人的留言条 13 / 085

给未能道别之人的留言条 14 / 086

给未能道别之人的留言条 15 / 088

给未能道别之人的留言条 16 / 089

沉默年 / 091

夜莺的故事 / 097

第二辑 爱至成伤后的祈祷

不远万里 / 101

阿尼玛卿 / 102

在我情人的家乡 / 103

曲珍，我的羊丢了 / 104

天空 / 106

花 / 107

春 / 108

青团子 / 109

爱 / 110

我俩 / 111

想起他 / 112

深河 / 113

我爱你，尚且忍得住 / 114

舌头 / 115

好事 / 116

你不会看见我，正如我也不了解你 / 117

欢欣 / 118

无处 / 119

爱 / 120

那时我有一个恋人 / 121

一半 / 122

痛苦的祈祷 / 124

爱意重重 / 125

爱至成伤后的祈祷 / 126

雨雪 / 128

最后的诗 / 129

在野外唱的歌 / 131

戏 / 132

夜 / 133

神 / 134

求你洁净我 / 135

爱 / 136

因为山在那里 / 137

一个孤独的早晨 / 138

行吟歌手随口一唱 / 139

未婚妻 / 140

2016年4月28日 / 141

乐事 / 142

歌中雅歌 / 143

对万有引力定律的解释 / 145

石榴那么甜 / 147

愉悦 / 148

夜色温柔啊,情人更适合大海 / 149

海 / 150

是好的 / 151

黄昏 / 152

看不见的恋人 / 153

我们什么时候才能坦率地面对自己 / 154

水上书(一) / 155

水上书（二） / 156

当我们爱的时候，我们在爱什么 / 157

你真正记得谁 / 158

苍耳 / 159

比邻黑夜 / 160

闪光 / 161

天桥 / 162

五月 / 163

五月的歌 / 165

玛丽娜致莱内，1926 / 166

莱内致玛丽娜，2126 / 167

第三辑　地下铁

侠客行 / 171

我们乘地下铁去市中心 / 173

波浪 / 175

白头如新 / 177

黄昏，我们钻进地下铁 / 179

火车有五站时间在地面上跑 / 180

我们绕过远山 / 182

夜幕中的地下铁 / 184

地下铁司机 / 186

天是怎样黑下来的 / 187

关于棕榈树的唯一一首诗 / 188

在必经之路上 / 191

为鼓起勇气而祈祷 / 192

为能继续受苦而祈祷 / 193

为什么都不做而祈祷 / 195

为开始撤退而祈祷 / 196

出口 / 197

霾沙沉醉的三月 / 198

也许只有这首诗不多余 / 199

在北京第五个年头了 / 200

芹菜 / 201

五月与四月 / 202

现代装饰艺术 / 204

现代睡眠 / 205

现代战争 / 206

地下铁里是阴天 / 208

地下铁之歌 / 210

来，我们去地下铁 / 211

新的一周开始了 / 212

我在草地上坐着 / 213

忘记了 / 214

林中客 / 216

我知道他终将原谅我 / 217

素舸 / 218

第一辑

沉默年

第一辑　沉默年

有一年

有一年我没办法动笔写一句诗
感觉每一件事都走到了尽头
往前往后往左往右再迈一步都很困难
很多词适用于那时的处境
可我就是什么也不想写下来
天空每天都为我变幻
我感觉我是如此想活下去
但我放弃了所有人世的安慰
秋天的早晨有好闻的味道
我放弃了树影下的阴凉和光线
听任自己像树叶随着季节变皱变黄
做菜，盥洗，更衣，看书，
从一地赶往另一地，干一份枯燥的工作
我被快速地切换，也被快速地遗忘
时至今日，我才明白
她说过的"戕害"是什么意思
我想活下去
以尽可能简单的方式
以大地迎接落叶的方式

2020.8.25

曾经，我以为

曾经，我以为

幸福的人无话可说

他们欢笑，热热闹闹地过完一生

而文字——那些苦涩的唠叨和叫唤

都来自不幸者

因为他们的时钟比常人更快

但，我错了

当我来到寂静之地

我突然变得沉默

我的声音早已被别人的盖过

（从来没有过真正的安静）

我的哭泣不带来任何意义

（我跪下，我躺卧，我祈祷）

我的救赎根本不是写作

（我还能写些什么呢？）

我写作，我不是一个记录者

我是一个呓语者

曾经是，以后呢

第一辑　沉默年

以后谁知道
纯洁天真的青山埋着我的亲人
我终究能够获得崇高的概念
与我注重肉身的祖先有别
与我以往的经验有别

2020

晨祷

感谢你!
曾经看不到天空我就感觉没法活下去
现在你让我欣赏阴天之美

感谢你
曾经我写下关于自己的呓语
现在我不写了

感谢你
如果我走得太远
你会用苦难把我拉回来
如果我离开太久
你会赐我泪泉
让我像一个旷野漂泊者
坐在巴比伦河边追想锡安
茫茫大地
我因此放弃了地上的家乡

第一辑　沉默年

感谢你

夏天会过去

你把琴从柳树上取走

然后将我领进这地方

但感谢你

这条路,最终也会通向你。

2020.7.15

看书的人

看书的人被书保护

在危险中

书给我们躲避

在欢乐中

书与我们击掌

在疲乏中

书分开红海

给我们云柱和火柱

领我们走干旱之地

看书的人被书页照亮

在某些时刻

书也拥有沉重的肉身

如同我们在世上一样

有人凭外表靠近我们

但很快就把我们撇下扔到一边

有人凭心灵认出我们

第一辑　沉默年

如同在茫茫人海找到共振的和弦

看书的人拥有一面盾
抵挡世上的空虚之剑

2021.4

读哈代

在夏季多见的阴郁早晨
我们分享了一首有关松树的哀歌
由衷赞叹过后,话题迅速转至别的闲谈
工作、生活和所有让人发笑的事
这有点像干体力活累了的男人们
光着膀子席地而坐,就着馒头干杯
提早尝过了生活的苦味和甜味

世界再古旧,至多只陪伴一代人
现在太阳已经过了巨蟹座之界
进入狮子座,天会提早半小时黑下去
而我违背自然的规律,仍然在爱与不爱里
纠缠。等我意识到季节已经转换到秋天时
地下铁窗外的短暂风景就会消失不见

我们视为重要的一生到底是什么?
分别已久的友人昨夜又来到我梦里
以老方式告诉我她的近况以及

第一辑　沉默年

新的生命正通过她的子宫孕育
我相信这是真的,自从我们断了音信
我常想起她,惦念之情不亚于任何人
醒来后,我意识到自己还有许多
未完成的工作要做

年轻时候我们读不懂随手放置一旁的作家
后来突然就读懂了并有了怜惜之情
他有一颗赤子之心,终生珍藏着
初恋情人坟头上的野花
迎风散发出的朴素香味

2019.8.6

致哈代

你们第一次见面是在不谙世事的年代

但有的感情并不是一见钟情般浓烈

甚至你都意识不到

他不会激动你的心

只是时隔多年

当你背负过尘世的重担

又将它卸下之后

你突然就安静下来读他

缓慢而反复地

你感受到他的呼吸与你的

如此契合

如此温柔又如此痛苦

你惊讶于一颗肉心如何能告诉你如此之多

以至于一提到他的名字

你的内心就会涌出泉水

将一切人世的杂质淹没

2020.8.17

第一辑　沉默年

弗罗斯特

有人毕生所求不过一张安稳书桌

有人终生所愿乃是耕种一块自己的田地

在纸页和土地上劳作

是人类最后的心愿

你从一开始就实现了

拜明智还是洒脱所赐

你守着农场却拥有整个世界

当然还有那么多被人深深忽略的部分

有人借天赋完成使命

有人凭努力塑造人生

你笑而不语，骑马看黑夜之心

你的眼点亮过我们的眼

2020.12.9

致弗罗斯特

我们再也不哭了,老兄。
我们失去了镰刀、锄头和谷仓
我们验证了眼泪不能结出粮食
山顶没有积雪
黑夜在我们身上沉重
生活把我们掰成了几瓣
我们再也不哭了。

我们再也不笑了,老兄。
我们计算成本和得失
被无用的语言反复屠戮
如今,我们知道幸福并不存在
面对嘲弄和流徙,我们顺从
我们再也不笑了。
但我们祈祷,跪在这里

2020.8.26

第一辑 沉默年

致嗜书如命者

白云在天上若有若无地漂浮

春天的风经过笔直的槐树

黎明时分到底是谁给我们带来希望

傍晚时分又收回绝大部分?

这一天你将如何度过?

除了礼拜、工作或学习

是否还有别的爱

值得你风雨无阻?

我们是自愿落水的人

永怀对土地和根须的渴想

我们是纸页上游荡的岛屿

大陆架在摇晃

虎视眈眈又哀伤绝望

2019.4.30

在书架前

这小半生是失败的
美名与美貌都与我无缘
作为一个女人
我越来越怕别人看出我的软肋
也不想费心研究别人的痛苦
浑浑噩噩活了三十年
一些外形秀丽内涵隽永的词我还来不及理解
比如蓝天,绿树,红花,神
比如故乡,定居,新年,家

人生说短也长
大地上随风而逝的东西太多了
田地被我丢下了
远山一退再退
以土地为生的亲人越来越少
高楼成排连片地复制
找不着路的人越来越多
财宝被我丢下了

第一辑 沉默年

人海茫茫
月亮和爱都是贪婪的念头
我知道最后能被我丢下的
只有我的身体
大家都一样
但是上帝啊,你创造的这个世界
还是让我一边害怕一边倾心

这小半生失败的原因
也许是我还未制定过任何计划
好山跑好马
我说着别人说过的话
被鼓动的野心明明灭灭

有些名字我无法回避
有些诗我不得不写

2019.6.15

诗人的天职

当海面上夜幕降临

佩内洛普①摆脱了讨厌的求爱者

换上圣袍

走出皇宫

面对海洋歌唱

期待歌声能传到茫茫海面的另一端

导航塔的火炬彻夜长明

白色的纽扣纯洁

躺在她的手心

一心等待回忆与焦虑将织物完成

而她感到自己躺在一艘巨大的

轮船上

命运之神将舵盘随意调转

并不知道她在等一个人

她一边拆手中的布匹

一边用冰山般的调式哀吟:

第一辑 沉默年

只要他回来

她就可以卸任

2019.4.29

① 佩内洛普：古罗马神话中战神奥德修斯的妻子，她为了等候丈夫凯旋，坚守贞节二十年，被人们视为"贞节"的代言人。

如果种子不死

给它危险,从作为食物的命运下逃脱
给它动乱,从麻袋到箩筐的居无定所
给它梦想,虔诚或善意的
给它遗忘,一种自我保护的绝妙机制
给它暴晒后的温暖,造物主的手亲自缠裹
对它投射感情,像对待围绕在我们身边的
亲人一样,不去管那感情是好是坏
还要分赠一些给那穷困的邻居
她寡居已久,孩子们都先于她埋葬在地下
给它雨水,清洁的爱不期而来
最后给它泥土,那黑色黏腻的
代表全部未知痛苦的养分

2019.8.8

一生

第一辑 沉默年

一生能完成的事不过是
绿色悄悄爬上树梢时
我抬起了头
日头照着我们所有的人

二十岁时我熬过了生死
三十岁时又熬过了中年
这些都是危险的事
现在我的生活趋于平静和忍耐
也许正是为了那一点点的甜

如果我写信
最终也没有收信人
如果我结婚
儿女终将长大成人
想象他们半是娇羞半是恼
诉说关于初恋的烦恼
红晕也会飞上我的双颊

人世以不完美的方式让我去爱
流水以回环往复的音乐
万古长青
六十岁的我也将以此熬过老年

2019.4.22

一首好诗曾来过人间

当我从无人问津的小巷经过
槐树伸展它的躯干
小小的槐花纷纷跳下枝头

它蝴蝶般朴素
折叠着淡色的裙裾
躺在我脚掌必经之路上
毫无疑惧
好似我们年少时的恋人
承受着两种截然不同的命运

当我从无人问津的树下经过
槐花轻拍我的肩膀
仿佛我是人间的贵客

2019.7.22

写作者的自白

我惊惧
在一张白纸上
词语和我
争夺
同一口空气

第一辑 沉默年

迷宫

我独来独往,有时做梦,有时失眠
曾经我抱定信念
没有故乡的时候,我还有爱情。
没有知识的时候,我还有热忱。
时间之手却把我牢牢抓住
它有一个布满青苔的迷宫
不论我如何丈量它的疆域
牢记走过的路线
暗地里保留着多少不为人知的角落
仍旧对自己一无所知

故事每天都有一个相同的结局
如果谁也不去做什么
那片荒滩就会一直在我下班的路上出现
傍晚七点钟
我喜欢过的人还在书里活着
只有写,写是唯一不会
因为没有回应而感到厌倦的事情

2019.6.3

冬日荒滩

枯水期来了——

荒滩坦诚裸露自己的缺乏

（也可以称之为弱点）

与它的周遭相互理解

并尽力献上穷人般的好意

那冬日里令人担忧的灰暗

像极了我们被耽误的一生

——百啭千啼啊——

我们在每日的睡眠中练习死亡

又在朝阳的召唤之下渴望重新一睹

永远让我们惊艳的天空

渺小得不值一提的小生命携带自己的种子

沉入干结的泥潭深底

以何种毅力等待着复兴的微风

如果我们暂时遗忘

乃至孤独把人带入深沉的缄默

但是别忘记：我们还有高雅的部分

别忘记：音乐在为你鸣响

第一辑　沉默年

天上的水跪倒在人间

当你身披灰尘，衣服撕裂，眼睛被钉痕刺透。

2019.11.21

荒山

跑遍了平原和高山后
我宣称只爱高高的荒山
但荒山沉静,不爱任何人
除了她怀里那些矮小且短命的
一年枯萎一次的牧草
以及善意的等待被宰杀的牛群或羊羔
我知道
我知道她以严酷的面孔拒我于千里之外
是怕我再也找不到什么想做的事情
除了漂泊在他乡时依然对她挂念成病

在远处瞻仰过她面容的人
渐渐不再回来看她了
地球如此大,在何处落脚安家不都一样吗
如果我们以整个宇宙和星空为参照来看的话
荒山当然知道这一点
所以她并不改变自己
(比如种些树,开辟新的溪流)

第一辑 沉默年

好像故乡是努力赢来的一样
荒山知道
我们挺健康,不会轻易倒下
即使历经千般磨难万般苦楚

2019.6.17

思我故时人

那是漫长生涯中唯一的知己
那是短短几十年唯一的伤害
别的人我都已经忘记,唯独你
直到如今还会出现在我的梦里
直到如今我还会心碎而醒
在那哀伤的梦中世界
你硬着心像一位芳心别恋的恋人
头也不回地去往自己的地方
连上帝都为我动了慈心
把你孤傲决绝的背影留给了我
那曾是我的祈祷:我知道那就是你
眼泪曾经漂起了床榻
悔恨的句子无力地
无力地活在那诗中
毫无用处,我现在相信
对此你根本就不屑一顾

2020.2.13

第一辑 沉默年

怀古

那是一个充满神迹的时代
天使上上下下
灵界一片繁荣
天上显出异象
雷声和星光的微妙变动
都被守更的牧羊人存在心底
旷野里一定住着圣人
鸽子是光明的象征
大家都懂

人们瞪大眼睛
互相打量时诚恳又机警
凭眼神就能认出谁动了真情
凭真情就能度此一生

远来的客总是受到款待
牛羊肥美,坛子在地窖里很安静
旧醅新酿,来生比现世更值得谈论

没有倾盖如故，相遇足以畅快人心

不必拖泥带水，辞别依旧豪气干云

那满怀希望的"再会"

像是临了送上的剑器

愿君多珍重，此物最有余

2021.2.5

第一辑 沉默年

天空

忍受着内心渴望的煎熬,我们
穿越生活,脚步深沉
偶尔抬起头,天空
亲爱的天空就在我们头顶
但很快,我们收回疲惫的目光
然后,沉入更深的哀伤:
那里什么都没有
却已经足够

曾经,对这个世界
我也感到有许多话想说
小河在庄稼地上方流淌
山峦在远方发出青色的光芒
还有什么比这更完美更诱人

在想象中
音乐是一剂良药
那时我们躺在草地上

我感到我像一支轻快的牧歌

头上是天空

身下也是天空

就连我转过身

你也是天空

——你那么蓝,沉默如露水

而后来,乐声止息牛羊归栏

陈旧的暮色笼罩,但

在想象中

仍然没有任何事物超过你

2020.6.16

第一辑　沉默年

雨

为了一个磅礴的雨天
我收藏眼泪

半夜听雨
三诗人的密谈

97路南京站

我羡慕过居无定所后的安居

阴云密布后的晴空万里

也曾立定心志

靠近一个幸福的人

让他的幸福也成为我的幸福

如今我(经过锻打)承认自己才智平平

一生的轨迹基本定型

看见自己的来路就看见了归途

有一个习惯我保留着,说好也不坏

学生时代读小说总是一鼓作气

期盼在结尾曲终哭一场

因为啊

另一种人生不过是观望

从来都是我们各自保持固有的趣味

从来都是走着走着又回了老路

第一辑 沉默年

97路车开走后,世界上再没有什么好消息

不过啊

早晨我把脸洗过了

新的一天又有了开始

2019.2.17

更好的人生

我们不再浪费时间了。前人慢
用一生的时间煮一壶茶、陪一个人
犯错,漫步,抬头看天
我们想走得更快,为了更好的人生

我们不再爱了。前人爱得太多
我们站在看得见风景的房间
自诩熟谙人类的全部脆弱

我们不再哭了。前人哭得太多
而我们嘲笑痛苦暗暗发誓想要我们流泪
犹如吩咐岩石涌出泉水

我们不再潦倒了。前人面带菜色
天黑之后就做起有关功名的美梦
而我们规划了良田
发明了新闻
在城市中心建造了酒吧

我们感到内心舒畅，相信生活需要一点点谎言
我们不再犯错，漫步，抬头看天
消耗一生，或是一天
为了更好的人生。

2020.8.29

天上访客

纵使掌握了所有关于绿色的词汇

也不能诉说关于群山的美丽

人生如画卷展开

我的心被应接不暇的景色占据

纵使过早地尝过了生活的苦味

又过早支取了突如其来的伪装的甜蜜

我的心仍一片赤诚

迟迟不肯变硬

没有过去就没有未来

我站在人生的中段

看时间在我身上留下了黯淡车辙

而孩子身上的奶香

将天庭向我们栖身的凡间

拉下来一小段距离

第一辑 沉默年

果实跳下枝头

落叶钻入尘土

群山不愿飞翔

我们各有各的清澈

但痕迹终究会被新的访客忽视或填平

2019.9.24

还乡

在撒玛利亚①的水井旁
我遇到一个行吟者
以挽歌的调式唱着：
在这骄傲的大地上
我手艺几近失传

农夫、牧人、猎户我都尝试过了
这世上没有更好的职业也没有更坏的
归程荒凉而漫长
幸福依然如此迷人
以致我们迅速偏离靶心
漂泊中我以眼泪为点缀
装饰平原、山岭和门前有谷物的农场
这世上没有更好的故乡也没有更坏的

在这骄傲的大地上
我们理应受苦

第一辑　沉默年

撒种的人走后
一些树因为疲倦就倒下
从离家到还乡是整个人类的距离

2019.1.3

①撒玛利亚：以色列中部古城，以色列王国首都，建于公元前九世纪。公元六十七年为罗马军队所毁。

初夏

在这古老沉默的大地上
我是十八岁的老人也是八十岁的孩童
死亡如同姐妹住在我们中间

每一年树梢上的新芽都会按时
沿着树皮粗糙坚硬的结节攀缘而上
直至形成伞形的巨大轮廓
每一天我们都经历过死亡般的睡眠
第二天醒来时又重获新生般希望满怀
春天过后是夏天

仪式仍在重复
晨光仍然显现出完好无损的美
万物借着时光仍在磨蚀我们
语言发轫之处,我的工作
不过是在旧房子上新加了一块瓦片
生活的凹面就找到了与之相契合的凸面

但愿这种建设足以支撑我们

度过艰难而笑意盈盈的一生

夏天过后是另一个春天

2019.4.28

春天的诗与秋天的诗

树木一定是因为痛苦而分开枝杈
又因为好心而允许那么小的鸟儿
在它身上做窝,一边啼鸣
一边养育后代,有时候也在那死去

人一定是因为永恒而沉入生活
当他做梦,为梦中的人挂心
又被不同的细节惊扰,悲剧的源头
不过是他对世界的爱稍稍显得贪婪

一颗梨分开了自己,献上了甜蜜
兜兜转转的人发现,梦境不断复活
原因竟毫不起眼,但那些景色构成一生的回忆

历经世事和时间的熬炼后
来自他乡的人去了另一个他乡
开辟了新的葡萄园,种上了桑树和槐树

2019.8.5

大自然的美意

夏天有雨,冬天降雪的西宁

想起你就想起故乡

大地吐露的心事

我无法知晓

鼠尾草、牛至、迷迭香……

这世上还有许多植物我没有认识

它们长得那么相似

却又彼此不同

那让土地怀孕吐出甜蜜浆果的

也生出山坡上吃草的羊群

黑牦牛、黑骏马、黑帐篷……

大自然的美意

就是让我和它们一起生长

然后获得一种善意的眼光

2017.5.4

岛屿

为一个具体的地方命名

不过是为了让自己有一个故乡

"我来自那河水清清的地方……"

但我走了很远的路才发现

那儿与别处并无不同

甚至在相当长的一段时间内

那儿显得不近人情和可憎

我身披铠甲,携带高贵的佩剑

远走他乡,四处建造风车

认真地投入战斗

河流带走了生活留下了岛屿

我似信非信:这就是我的家园

河水清清,把我珍珠一样嵌在中央

2019.4.29

第一辑 沉默年

疯狂的月亮

唯有你爱得直白,甚至毫无保留
对你而言爱意味着回到黑暗之初
纵使等待与分离也无法消磨
你的耐心无与伦比
缓步走向无垠的夜空
你的孤独也是我们的囹圄
若不是你,星辰千颗于我们何益

日复一日年复一年
你绕着圈为了让自己平静下来
你纯洁的疯狂令人窒息
谁不曾为你着迷,谁就不曾年轻
谁不再听你歌唱,谁就已经老去

2020.6.19

忘川

> 除了爱和祈祷,我别无长物

愿我如清水

日夜流淌

愿我的双手洁白

最后一次

捧起你清澈的一生

林烟升腾,弦乐重奏

愿我流泪如河

淹没所有来不及的悔恨

与哀痛的人再同哭一场吧

然后就忘记:

我们已经度过了火山般的一天

2020.2.3

第一辑 沉默年

对雪的五种热爱

雪落到地上,被孩子们喜欢一阵
就离开

雪落到山上,被苍翠喜欢一阵
就离开

雪落到沙漠,被弧线喜欢一阵
就离开

雪落到湖心,被自己喜欢一阵
就离开

雪落到天上,被神喜欢一阵
又从天庭返回人间
好像陶醉的春风

在不经意的爱中袭击了那个女人

她全身洁白

就离开

2020.1.9

第一辑 沉默年

雪

他们看见我,却不明白我
我是喧嚣的孤独
他们爱我
用比拟、抒情、装饰、游戏
——误用由来已久

但我不怪任何人
毕竟在这颗独自旋转的星球上
他们多么急切地要表达
那么多的运命、际遇、世道、人心
无意义的一目了然
男欢女爱的鸡毛蒜皮
——没有一个耐心的听者哟

所以,我把自己仔细分开
穷人高声赞美
天使抖落一身烟尘

2021.1.27

雨——不可能的颂歌

是水。当雨闯进我们的生活

喧闹、黏腻、互相沾染甚至无所不至

再也没有一种物质像雨一样

让人无法回避

不是水。当我们在世上扎根越深

就越频繁地求助于那抬头一望

再也没有一种无辜像云一样

让人不忍回绝

是雪。当我们对自由有了过多阐释

洁白的,轻盈的,去而不返的

再也没有一种命题像雪一样

让人备受折磨

不是雪。当天重新蓝得可爱

落在地上的,山上的,树上的雪

都在提醒我们肉体短暂

第一辑 沉默年

生命源于结局

相比地上的事物

我们可以更倾心于天上的

2020.8.3

二月的一天

阳光下
人们把自己从壳里搬出来晒
同时也晒被子和干菜

孩子最先看到了这个世界
他们是堵上苦泉的一块小石子
当有人因痛失爱几乎走不下去
他们是石子投在水面的细小波纹
在阳光下缓缓荡开

二月里
大家都应该健健康康地
长大,爱着,并死去。

2020.2

第一辑 沉默年

人类简史

你把大地交给我们

我们让大地受伤了

你把天空交给我们

我们让天空变暗了

你把河流交给我们

我们改变了它的流向

你把青山交给我们

我们肢解了它

然后在上面盖起了高楼

你把动物交给我们

我们偷换了它们的功用

你把太阳交给我们

我们受启发明了武器

你把月亮交给我们

我们用电使之蒙羞

你把智慧给了我们

我们反将了你一军

你把爱给了我们

我们以为那是智慧

于是我们赢了

看起来是这样

2020.1.29

第一辑 沉默年

在海岸线所想到的

世界是我们可爱的牢房
来玩一个小把戏吧：爱
不要把自己看得过重，大人呐
我们都爱而不得身陷囹圄过
难道你不承认爱比被爱更愉悦
更令人激动吗？

海水日复一日亲吻海岸
时间对天真的一方无法容忍
所以我们熄灭了眼里的光
就像随手摁掉电灯开关一样自然
令我们宽慰的唯有
它的功能性没有受到损害

云开雾散的天气里
头顶的天空与我们快乐地相认
学步的胖婴儿在你经过时也冲你笑
可能再也找不出比这更单纯的情谊了

你甚至可以认定自己是个好人
只有好人才配得到这样的款待

然后你抱紧了怀里某个人——
他的全部思想——
原来他是把灵魂留下而非肉体——

真正有话要说的人无言
真正相爱的人
就像眼前的海水
抱着另一片海水
不为牢狱之苦所动

2021.6.28

第一辑　沉默年

母亲

生命有时像是一类反复出现的错误
阳光浪费在花苞上
我们成了无根的人
你已经什么都看不见，母亲。

你跟我一样，没有童年
跟我们的祖先一样，过于早熟
承担家务、农活，独自养育女儿
没人体谅男人的辛劳和女人的心思
你又当男人又当女人，母亲。

这个世界以黑暗与你为敌
我们共用一双眼睛
一同走世人都走的那条路
不敢对你的光明抱有任何期待
正如我对自己也不抱任何期待
我知道你是天底下最痛苦的人，母亲。

2020.12—2021.1

致妈妈

如果上帝不宠着她
就没有地方容得下她
如果我不宠着她
时光漫长她就没有慰藉
如果爱可以倒流
我宁愿她是我的孩子
不论疾病、健康
贫困、富足
艰难、顺利
我服侍她,也跟她吵
但她永远是我漂亮的小可爱
直到时间把我们生生分开

2021.7

第一辑 沉默年

清晨

新丧之后的一天早上
我们听见一只老狗的哀嚎
　"那是什么?"
　"一只老狗。"
　"它怎么了?"
　"像是在哭。"
　"它在哭什么?"
　"像是失去了什么,不知道怎么活下去。"
　"我从没听过狗像那样哭。"
　"是啊。我也是头一次。"
　"它要哭多久?"
　"它很快会忘记的。"
　"真好。要是人的记忆也短一些就好了。"
　"是啊。但那只针对痛苦。"
　"虽然事实完全相反。"
　"它哭得我心里难受……"
　"嗯,它好像在替我们哭一样……"

2020.3.5

芳邻

你把四季袒露给我

夜雪无声覆盖

你的愿望被重新洁净过

哀荣熬过来了

从现在开始

新的世界又在你面前展开

2020.1.9

第一辑　沉默年

给未能道别之人的留言条 1

一本书是一座岛

一个读书的人是固守孤岛之人

抑或对航程心怀疑虑之人

我说不好,但为了在我们分别之后

各自的路途不至于那么孤寂

我带了两座岛

万一某天我沉入苍茫海水

这两只手兴许会带给我安慰

所以从你那里借来的

学校图书馆的书

我没有还给你

不,也许十年、二十年、三十年后

为了物归原主,完璧归赵

我也会找到你并跟你说谢谢。

2019.5.4

给未能道别之人的留言条 2

当你越孤独你就越离不开自己的孤独

手机成了阅读器、播放器和记事本

认识的人就渐渐都不联系了

新单位由以下风景偶然构成：

手捧花束的中年女人独自横穿马路

她脊背敦厚却留给你单薄贫瘠的印象

快餐店门口中年的单身汉厨师靠在路边的破摩托车上

与手机里的女孩调情

这个城市不是他的故乡

他白天上十二小时的班

晚上在二十来个人的宿舍里打鼾

世间那么多有意思的事都跟他无关

遛狗的女人每天准时出现在巷子的末端

看两只不同品种的狗互相追逐

也许它们的世界比她的要精彩

牵手漫步的老人好像来自天外

总会让你的心刺痛一下

所有人你都不认识，也没有让他们看见过你的眼睛

第一辑 沉默年

在南方一张旧出租屋的床上
你因急性肾盂肾炎不由自主地抽搐
像是得了疟疾,而那个男人只会粗暴地
按住你的肩,说别抖了
你平生第一次感到
绝望不仅来自心灵,也来自肉体

不能说清楚的东西会通过别的方式呈现
比如你画画:
爱情这回事就是一颗心渐渐成为一个洞。

2019.5.7

给未能道别之人的留言条 3

有一段时间我的脑子里全部是另一个民族的音乐

那些充满异域情调的歌手坐在草地上拨着六弦琴

嗓子里像是有清泉

你很难想象这里的人竟然会孕育出如此清丽别致的嗓音

人生如果到此为止也该不错吧,我被那些旋律黏住了

不愿抽身

男人们的宽袍在腰间紧束,就连那褶皱都能引我入胜

那段时间我学了几个他们的文字,但我更喜欢在街市上闲荡

听他们夹杂着笑声的交谈如痴如醉

稀薄的空气里总是飘散着煮牛羊肉和燃烧桑柏枝的香味

我知道我身上也跟红衣僧侣的袍子一样气味芬芳

盖住了时间

那是我人生第一次爱上一个地方

一度以为会在此定居嫁人生子的地方

我差点儿就成功了

有个蜜色皮肤的本地小伙子在纯净强烈的阳光下吻我

问我是否愿意嫁给他

我收下了他的戒指,像一位真正的未婚妻一样戴在左手无名指上

虽然后来我知道那枚纹理怪异的铜戒指其实一文不值

但它现在还在,只要我翻找一下还能找到

2019.5.9

给未能道别之人的留言条 4

翻过山后还是山。那是我认真对待的第一份工作

为一个民间艺术影像项目撰写解说词

一个阴沉的下午,老大让我跟车去采访

我钻进堆满摄影器材的汽车,兴奋不已

开了一小半路程的时候,我们在一个路边面馆吃了足
　　分量的炒面条

当时我还分不清干拉、干拌和其他青海面食的区别

大家吃得津津有味,声响一片

门外的雨终于下了起来,也声响一片

我们吃饱喝足,跟店主大姐闲聊了一会儿又上了路

车里播放着一个新出道却让我们都喜欢不已的歌手的
　　专辑

老大说那是他的同学,我们为此感到由衷高兴

跟着歌曲的旋律大声唱个没完,好像快乐永远都不会
　　结束

雨越下越大,噼里啪啦打在车身上,但车里面很安全

抵达目的地的时候已经很晚了,我还没有睡意

雨也停了,我跟一个小伙子出去散步

第一辑 沉默年

我们临时驻扎的地方是一个很普通很小的藏区小镇
但对于我来说,却有雨后青山般的魅力
他很自然地拉了我的手,爱情来的时候我想我不应
　　该拒绝

第二天一大早老大把我们叫醒载着我们去吃面
老大是真的很喜欢干拉,每顿吃都不会腻
而我每次都为菜单上的名字苦恼,最后不得不胡乱
　　点一份
后来我才知道我最喜欢的是青海面片,但是每家的
　　味道都不同
我们在戏台下架好机器,太阳烈如醇酒
这给来看藏戏的观众们带来了一点儿麻烦
他们,大多数是女人和孩子,不断挪动座位,或者
　　撑开阳伞
男人们则坐下就不愿动了,哪怕太阳已经把他们的
　　皮肤洗成了大地的色泽
戏台上面是动人的文成公主的故事
我真喜欢这一带的戏腔,完全不同于其他地方的
最后合唱的时候,我竟然哭了,虽然我一句歌词也
　　没听懂

第三天我们到村上一个藏戏老艺人家里采访
老大问问题,老人答,我瞌睡
老人的小孙女儿很喜欢我,在纸上写下她的名字
我们在那儿待了好几天,她一直跟在我身后像漫山
　　的野花

那个村子叫江什加,那个女孩叫央金,
那个拉过我手的男人在雨后无人的街道上对我唱过:
一个人只要认识了星星就能认识爱情
不过那时候我没听懂

2019.5.9

第一辑 沉默年

给未能道别之人的留言条5

在青海的时候,没人知道我写诗

直到有一天同事们都下班了,我和你留下来校对字幕

你喝着啤酒,攀谈是从宋佳演绎的萧红开始的

后来不知怎么就谈到了诗歌和文学

"原来我们都是大隐隐于市的君子!"

你由于太激动而摘下身上的护身符戴到我脖子上

那是你最尊敬的人为你亲手做的,你说。

我问怎么做的?你说你的民族有特殊的方式。

你说你喜欢宋佳,

我说我也喜欢,她非常美,她是一个让男人和女人
　　都喜欢的女人。

你笑了。有人共鸣的感觉很不错,很久违。

后来我因为心碎了要离开大家之前

你给我们讲了一个笑话,我至今都觉得很好笑

你说有一次你去买鞋,回来才穿了一天就破了,你
　　找回去

柜员小姐说这是不可能的

你说话风趣幽默，有理有据，你说你们砸了自己的牌子

几百块一双的鞋子怎么能穿一天就破呢？于是，

你当着她的面脱下那双破了的鞋子，在店里挑了一双新鞋，套在了脚上

然后把那双破鞋放到了陈列柜最显眼的位置

柜员小姐气红了脸：拿走你的破鞋！

你说：这不是我的破鞋，这是你们的破鞋。说完你就潇洒地走了。

我笑得眼泪都出来了，后来直接就哭了。因为第二天一大早我就要走了。

而直到现在，我们都没有再见过。

后来你为我翻译了一些你喜欢的诗篇，有一首颇有仓央嘉措的味道

你说是我写得好，我说是你译得好。

人生有很多遗憾是不自知的，你喜欢弹唱南木卡，我亦然。

2019.5.9

第一辑 沉默年

给未能道别之人的留言条 6

曾经,为了排除外界的杂音,我寻找倾听你的绝佳
　　方式
朋友告诫入耳式耳机对听力是伤害,但我想就算聋
　　了也要一试
高原上没有更好的消遣,男人们席地而坐
身边堆满了啤酒瓶。饮至酣畅,我们就会轮番唱你
　　的歌
我知道很多传唱的曲调来自民间,但经过你的加工
　　和嗓音的修饰
古老的土地在你的转音里玉化为琥珀
时光带来的所有苦难也渐变为可以忍受甚至有些可
　　人的蜜色
又绿又蓝的湖水因为咸度和光线的关系给人要往外
　　溢出的错觉
一颗没有边界的松石颤动着不灭的光华
这就是我反复歌颂和沉迷于你的音乐的原因

尽管我们对于世界的看法完全不同

但我忍不住一颗喜欢你的心和一双为你的歌声而欣

　　喜若狂的耳朵

2019.5.10

第一辑 沉默年

给未能道别之人的留言条 7

这个故事残忍到没有爱情,根本不值得记录
但作为其中的亲历者之一,在别人发现或说过的事
　　物面前
我仍有赘言的冲动
不得不踏上一条老路,其结局也许是付诸流水或付
　　之一炬
但我的野心隐秘而强烈

时间以不变改变着我们
写下文字的人渴望永恒
茫茫人海,若问我喜欢什么样的人
寻遍世界各地,我也只倾心于一群与我迥然相异的人
和一个未经允许之地
全然不顾这空无一用的喜欢是否用对了地方
虽然后来我也为此受尽了煎熬吃尽了苦头

心地仁慈的人啊,请宽恕一个孩童人生头一遭
对一样事物如此执着的惊奇

她之所以不幸是因为她深爱那些
没来由让她热泪盈眶的音乐
和那迎着蓝天在日头下唱歌的人
所以到死都对那个地方、那么一群人怀着
隐秘而不渝的衷肠

2019.5.13

给未能道别之人的留言条 8

牧草绿了又黄,唱支歌吧;

举目望山,山高水长,唱支歌吧;

湖水映照着天空纯粹的颜色,唱支歌吧;

牦牛沉默地跟在我的黑影后面吃草,唱支歌吧;

昨天有人从遥远的地方一路颠簸而来,唱支歌吧;

他待我有密友之情,唱支歌吧;

明天早上太阳会照在他随风飘拂的袖口,唱支歌吧;

我的帐篷坐落在无人的草原,唱支歌吧。

我相信歌中所唱的,却不相信听者。

也许终其一生,我能感动的人,只有自己。

2019.5.14

给未能道别之人的留言条 9

地球转过一圈,我又来到近日点

这是我最喜欢的季节

从来都是

为此,我曾因宇宙的惯性和规律而懊恼

如果有一种方法把我留在这里

其他千万条路径我也宁愿抛弃

牧草为牛羊准备好了饱满的浆汁

也为人类准备好了集体献身的热忱

想跳舞的人,快来吧

雪山为我们换上了绿装

想唱歌的人,也来吧

河流为我们掏出了高贵晶莹的心

一辈子都喜欢不够的阳光啊

照在一个苦乐不惊的人脸上

一辈子都看不够的蓝天啊

我想念的地方有个人玉树临风

2019.5.23

除了爱和祈祷,我别无长物

第一辑 沉默年

给未能道别之人的留言条 10

我买了一支最好的铅笔和一沓最漂亮的信纸
想给你写信
以前我无知无惧,想到什么马上就付诸行动
如今我经过锤炼
这件事仍犹豫了四年之久
你的品位和心灵一样高雅,我怕
没有收信人的信更像是一种低端的自作多情
所以,如果有一天你收到一封
又臭又长的铅笔信
不要置之不理
至少你要看看那上面留下的橡皮擦擦痕
看在寄信者惴惴不安诚惶诚恐
又满怀希望的笔迹的份上
把它看完吧。
至于随信附上的别的东西
你可以随手扔掉。

2019.5.23

给未能道别之人的留言条 11

我在通天河边放牧

牧草黄了黑牦牛不知道

深爱的人和我断了音信

他袖口的彩线是我亲手缝制的

我的棕骏马不知道

我坐在通天河边流泪不止

岁月是个隐身人

别人把我要说的话全都说过了

一件乐器从遥远的祖先传承到我手上

一坛酒越放越醇

河水流过千年

世上必然没剩下什么必须由我说出的真理

最沉重的苦杯有人替我尝过

最悲恸的哀歌有人替我谱上了曲

最简单或最繁复的花纹早已织上前襟

第一辑　沉默年

只剩下喜新不厌旧的生活

搅得我心烦意乱,忘记了岁月的名姓

2019.5.27

给未能道别之人的留言条 12

回到十三岁的夏天

我们上完美术课又该上音乐课了

我的手上沾着洗不掉的水彩

你的手心有一颗痣

你只告诉过我

你说

让海顿陪我们吧

他有整整一个下午

可以占据你的心

2019.6.3

第一辑　沉默年

给未能道别之人的留言条 13

时间之手改变了手艺人的工作

也改变了以此为生的心肠

新的塑造带来了摧毁

彼岸对此岸的怀念甚于旧况

用一扇玻璃窗成就的风景

与绵密的精神世界互为防御

高大的落叶松耸立无声

黄绿相间的彩色暗河

代替我们顶天立地

我们称其为美的事物

默默忍受的大自然只看为本分

合奏中有必然的休止

仲夏时节有人从你的故乡而来

没有带来所期待的消息

一支情歌永不疲倦地表白

可我又能为你做些什么？

2019.6.13

给未能道别之人的留言条 14

那一年,面对满货架的母语音乐专辑

我不知如何选择

光盘堆积得像富足农人家的粮仓

我隔三岔五来音像店看看

觉得自己像一条咸鱼

从未停止过对大海的渴望

那年头拉萨街头巷尾都有这样的音像店

我胡乱地拿起几张光盘

全凭对封面的判断来猜测

我会遇到什么样的音乐国度

卖光盘的老板往往会在电视里循环播放

一个随意选中的人

我记得那天阳光一如既往地强烈

我忍着被晒伤的疼痛站在货架前

像一个愿望即将被满足的孩子

你嗓音别致让我入了迷

画面中整座山峰都伏在你的歌声之下

好像羊群信任而温柔地看着牧人手里的皮鞭

第一辑 沉默年

我买下了你所歌颂的那个世界
现在它们在我的音乐播放器里活着
陪伴着我每一天上下班的漫长路途

2019.6.17

给未能道别之人的留言条 15

新生命来到旧世界时我们高兴又忧伤
古人沉睡的地方早已长出参天大树
而短命的灌木和蕨类植物趁着春光拼命绿
等到秋光来临时又换一种颜色拼命黄
它们都不在意自己的一生只是一次或短或长的呼吸
就算在意,它也不会被轻易鼓动
就此离开故土

牧场并不是我想象中的模样
但我依然选择它作为落脚之处
为了排遣心中的孤寂
我把去年认识的人仍记在心中
虽然我知道他早把我忘记

世事好像一场大风
把我们吹向一个遥远的地方
我们匆忙相遇,没有告别

2019.6.20

给未能道别之人的留言条 16

你好!
你好!

我从西方回来,这个暑假很想去什么地方看看。
噢,我来自南方,正准备再去西北。

那里怎么样?
很值得一去。

就像兰波的非洲一样?
就像卡萨布兰卡一样。

欧洲的天和海蓝得忧郁,让人做不了什么。
西北也差不多,人们在草地上喝酒、唱歌。

我游历了好几个国家,那里的人都很友善。
可以想象,我在西北时也渴望永远就那么待着。

我写小说和诗。
如不嫌弃,这是我的诗集。

我被物理、数学、电影、文学、游泳和跳舞深深迷住了。
我耽于阅读、音乐久矣。

我好像找到了一种融会贯通地让自己快乐的方法。
不是每一本书都有机会被人读到。

我也经历了很多。
愿闻其详。

愿有杯酒。
佐其下酒。

真高兴能认识你!
我也是!

我会在此停留一段时间。
我暂时也不准备急着离开。

我们下次见!
一定!

2019.7.11

第一辑 沉默年

沉默年

1

不能说你不曾拥有过
在这黑夜将临的时刻
火焰的灰烬盘踞在眼窝深潭
你面带倦色,比早晨更丑一点
人生刚刚走过一段清露欲滴的田野
步入中段前你还不懂得盘点收成的乐趣
你没法起身去清扫
好像才经历过一场令人精疲力竭的战事
火星将燃尽,暂时
你也不想再去添一根新柴

数目庞大的人类之家中你是渺小的一员
消磨你的是残忍的岁月残忍的人
某个东西的残骸噩梦一样追着你的心
——严丝合缝
现在的主题是沉默

你的嘴唇也逐渐发沉
那个东西压着你的神经
在必然的劳作后你沉入地下
风声贴着地下铁轨轰隆
在更深的寂静中你听见意义

2

其实你并未拥有过
当倾诉的愿望消失殆尽
倾听的耳朵如飞而去
像火炉里逐渐冷却的火星
承载着必然熄灭的命运
最终只剩下冰冷硬结的炉灰
炉子的无言显得合宜而准确
你在生活中也迎来这个时刻

在炉前坐着打盹的你
用苍白的嘴唇锁住了时间
像恋人用热吻封住对方的喉咙
你与时间开始了漫长的纠缠

第一辑　沉默年

正如雕像——成型之前
没有创世，之后也没有天堂
只有那伟大的瞬间遗留于世
带着玫瑰泗渍的芬芳
火焰曾经闪烁在那遗像的双眼里
如今已空然无物

3

值得被反复述说的事情
是你心儿跳动的原因吗？
是爱情吗？是生活中的光明与黯淡吗？
是走过的路毫无波澜但你还要继续吗？
是那朵花昨天还被时间宠爱
今天却边缘皱起缓缓发黑的庄重结局吗？
该遗忘还是要铭刻于心？
或者——是因为——
这么多年来你一直没有找到属于你的语言
母语、外语、琴音、歌喉、风雨声声？
线条、元素、数字、构成世界的规律种种？
不！你感到自己选错了职业

或者说——

来错了地方……

4

英雄的神话中充斥着无数的枝节

像夜雪轻覆整晚,增加了装饰性的美感

但再过一天(谁能等待更久)

突如其来的雪尽都销化

一切复归原型

渴望建功立业的男子们在练习获得

死亡之舞的速度和勇力

而女子们,在他面前略略眩晕

她的全身都在吸引那奔向永恒之人

零星的碎片以惊人的速度向他撞来

所有的缺点在他疯狂的步伐中显露无遗

一个超越的人来到第二个三十年

——恰逢一生中恶行的高峰

——黑暗的作品就此完成

速度!速度!

第一辑 沉默年

我是年轻的女子

任性、洒脱、可爱

而你正值壮年……

谁到我这里来

我就可以爱上谁!

5

骗子!骗子!

你隐秘而强烈的爱

几乎要与令人不齿的野心混为一谈

没有人为你写书立传

你就以自己的方式永世长存

你是戏剧中折磨人的妖女

哪怕脚下是炙石尖针

哪怕经历无数失败和弃绝

你依旧贪爱这个世界

以及造物主摆布在你周围的人

你的念头可憎却希冀原谅

当你退到旷野

失而复得的少女反复回到你身上

你是他嘴唇间的一阵微风

稍有不慎就会哀泣

6

过时、多余、无法忍受的文字

枉然敲打着这扇紧闭的心门

时间一分一秒地流逝

心灵如何能够变得更宽广

沉默的幽谷与茫茫深海无声地交谈

无声地吐露宇宙的秘音

女人,你空置的身心

寂然经受爱欲的熬炼

但最终,你会说值得

因为填满你的那个东西

在每一个人身上涌动如光

闪烁在窗外温柔的夜空

在多套语言系统中徒劳与你交心

2020.1

第一辑 沉默年

夜莺的故事

她既不严肃也不轻佻
老老实实站在枝头做自己的梦
刚刚获悉自己从事的
是世上最危险的事业
语言是她唯一的武器

人间的流浪歌手来到树下
他有一把音色优美的木琴
琴音震颤的时候
她胸前血色的记号会加深

诗先于思想就如歌先于回应
掌握有限的语汇和曲调不足以
把自己赤露敞开
环绕良木的天宇使她一退再退
是换一种编码继续高明的伪装
还是放弃昭然的证据

余音中他衷肠娓娓替她回答:
有一个地方人们魂牵梦萦
最后还是把从那儿带来的长袍
随手转赠给了一个无关的人

接近沉默的长长的休止后
她手无寸铁
是世间最无害的夜莺一只

2019.6.11

第二辑

爱至成伤后的祈祷

不远万里

祖国辽阔,故乡只有一个。

西藏的名山很多,眼里只认识你放羊的那一座。

情人众多,想见的只有一个。

2016.7.28

阿尼玛卿[①]

阿尼玛卿

故乡纯洁的雪山

你让牧人的心洁白如你

你安慰我如同安慰一条伤心的小河

阿尼玛卿

在我的心上住下吧

在这岩石的坚硬里安一个家

只要你愿意

我们都是太阳的孩子

在这故乡的夜色里

只要你愿意

我们都会开花

---

① 山名。位于青海省玛沁县西北部,海拔5000—6000米。

在我情人的家乡

在我情人的家乡,那里
时间静静流淌直到日落
那里,太阳拥抱天空
青草拥抱大地
我拥抱你

愿你家乡的清泉永不枯竭地清凉
正如你在我心上流过
美丽辉煌
直到白发苍苍

曲珍，我的羊丢了

1

曲珍，我的羊丢了
额头洁白如雪的羊丢了
全身温暖如火的羊丢了
眼睛哀婉如你的羊丢了
曲珍，我该拿我空空的牧鞭如何是好
现在它划过的弧线毫无意义
它激荡起的尘土迷了我的眼
曲珍，我跪在地上哭
羊也不会回来了
我哭得肝肠寸断
你也不会回来了

2

十二，十二只羊
羊圈里多了一只羊

我给它取名杰布

看样子它走了很久的路受了点伤

我会照顾它一阵子

直到它可以重新振作起来

然后它会不告而别

世间什么也没发生过

就像亚当入睡之前

我的羊圈里有十二只羊

2020.12.17

天空

那些好心的枝丫虔诚地等待我
像等待温和的良人

今天我不孤单
因为天空也和我在一起

花

你的心是一朵花
在草原上发芽
没人会采撷
因为除了我
没人会看见它。
你就这样生长吧
发芽、开花
我将悄悄守护它。

春

人世漫长而春光有限

我们和草木一样善活,耐得住人间

数十次的回环与磨损

破碎终将黏合

我们灯盏微弱却也终将成为某人的窗户

绿芽、柳絮、芝麻、花生

这个春天爱上的事物里

只有你没有被我重复爱过……

第二辑 爱至成伤后的祈祷

青团子

菖蒲的名字比花动人
恋人的名字比艾草稍甜

你在苏水边
你不知道我的爱恋

爱

爱是我俩孤独地照耀
繁星满天,我俩既不使之增色
也不使之蒙羞。
但,亲爱的,别介意,
你我都在受难,并且一无所知。

我俩

我因雨天而发狂,你每日练琴
我们中间有一些杂质般的东西叫做孤独

因为深受其影响才反对一种事物
这是本能
因为爱而反对一种事物
才把孤独和你衬托得更加明显

你眼里是否有值得称颂的故乡
天才是否称得上是一种美德

想起他

想起他
河面荡开波纹
想起他
春风又把我吹绿了一截
想起他
在月光和日光之下
他比万物都美
我要在光亮中向他屈身

第二辑 爱至成伤后的祈祷

深河

深河是天空的伤口
我是你的伤口

看得见的云层在迁徙
看不见的爱情在流淌

你我都在深河中

我爱你,尚且忍得住

我不了解春天是因为不了解忍冬花的秘密

不了解阳光是因为不了解宇宙的奥妙

不了解树木的根须是因为不了解土壤的情意

不了解雨水的忧伤是因为不了解种子的渴望

不了解果实是因为不了解汗水的重量

我不了解母亲是因为不了解母爱

不了解黑夜是因为不了解曙光

不了解哀伤是因为不了解期望

不了解爱是因为不了解你

不了解你是因为不了解我自己

舌头

我曾听见你——
珍珠九次萌动

石质的中心
你是我舌头中的舌头

站在言说的心坎上
我们靠近光明
又伤害它

好事

健忘是件极好的事
看过的书过一阵子拿起来
又像读新书一样欢喜
可能喜欢过的人过一阵子
也可以重新喜欢一遍吧

第二辑　爱至成伤后的祈祷

你不会看见我，正如我也不了解你

你不会看见我，正如我也不了解你，
太阳。
我不会笑，你却为我露出牙齿。
我丢失了自己的双脚和坐标，
你却徒劳为我指出北方和南方。
我是草原，装不下你的影子，
你却为我唱起辽阔的牧歌。

正如今夜，我是星星，在黑暗中哭泣，
你却为我的光芒而欣喜若狂。

欢欣

不止一次地离开又折回
不止一次地爱得耗费又盈满
如同云层鼓翼于自身又倏然坍缩

我们相见不易,而你是日头般的恋人
今晚,我要给你拥抱,也要给你一片水域的珍惜
因为,在那无人问津的清晨,我们将要分离

2016.7.26

无处

是什么让你脆弱?
是爱。

如果不歌唱爱情

我将歌唱流水

如果流水是你的倒影

我将歌唱太阳和月亮

如果你的额头是太阳,眼睛是月亮

我将歌唱草原和羊群

如果恰巧草原在你心上长出最美的牛羊

那么,我将歌唱花朵

如果花朵也歌唱你——

如果这样——我将独自离去

绝不回头

爱

我们看见自己
仿佛置身高山之谷
心门开阖开

我们所写下的一切
将成为我们的生活
我们的思想和血肉

人世微苦
拥抱微甜
我们被同样的隐秘击中

于是我们没有迟疑
在一个完全陌生的地方
爱是放下刀子,举起火把

2021.1.18

第二辑　爱至成伤后的祈祷

那时我有一个恋人

哦,我记得那个饭店
在苏果旁边
在仙林

南方春天的下午特别安静
他们都午睡了
而我有一袋棒棒糖

乌鸫停在树梢
像我的第三只眼睛
没有受过伤害

一半

我们用不同的原料说话

音符、数字、语言……

木质乐器流淌温暖的光泽

高山与流水终生互相吸引

在我们注视过的星空下

仙女颤动小小的蓝色翅膀

那空灵的运动法则如我写下的诗行

而你并没有读懂

我们用一半的身体说话

农具代替手掌

土地用晦暗和严酷保护着

我们种子一样脆弱的善心

冰川缓慢的爱悄悄改变了自身

直至得偿所愿跳入大海

车马付出代价后

我们把眼光放直

宛如一只电量充足的手电筒
射向茫茫夜空

现在结束唯一想要说的故事吧
该去睡觉了,该去练习死亡
练习死后还有你的那种生活

2019.11.8

痛苦的祈祷

但愿最不合时宜的是暗恋
但愿我没有伤害他和自己
但愿这不是诗,而是致歉
但愿光阴漫长,而他不会长出白发
但愿我的爱长过泪河与银河

但愿这不是爱情

爱意重重

以前
我是一个傻子,在背井离乡的路上
感动过另一个傻子

后来
我是一个哑巴,在落魄还乡的路上
默念"断肠人在天涯"

一蹶不振的时候
我是一个盲人,白天黑夜干瞪眼
与虚空对了许多话

古人在田里挖地耕种的时候
我就是凡·高画里吃土豆的农民
——痛苦使人无言——
我黄土埋了半截
还没有相爱过
所以求而不得的所罗门替我说了:
"爱如死之坚强"。

2019.3.19

爱至成伤后的祈祷

我倾心的人还未结识我,不过还好
我们还在同一个城市
从别后,秉烛夜谈过的友人已抛我于脑后
不过还好
我们还在同一个国家

想到我们还有机会擦肩而过
对心上人我就充满了期待
想到故人还活着
在幻想中我就不必爱至成伤

按天分活着的人难以获得幸福
如果没有付出其他努力
他将得到错误的生活
我的错误正在于此
我把一生都用来悲伤
放狠话掷地有声:
不要结局
不要纪念日

第二辑　爱至成伤后的祈祷

时间轴缓慢而平静地伸展
我们在回忆中衰老
在衰老中疑虑
苦难到底要将我们带向何处

而我唯一能做的只是祈祷：
愿我爱永恒

雨雪

此生，除了爱和祈祷

我别无长物

天地皆可废去

唯有未相逢的手指不能废去

尘埃无需拭净

人生可以共赏雨雪

最后的诗

今天的天空,是牧人歌唱过的那种天空
你知道,对于一个活在过去的人来说
有时天空的蓝色就是泪水夺眶而出的所有理由
今天这里有点你的意味
我痛苦的诗句偶尔走丢
你知道我从来不想找回它们
今天我只想守着一条冬天结冰的河一片夏天开花的
　　草原
羊群和孩子天使般来来回回

该拿去的你都拿去
该回还的你都回还
在这远离你的人间有些东西已是多余
有些爱也是多余

时光在移动
多少人间的苦已酿成酒
多少母亲在大地上降生

多少我和你啊相遇又分离
留下我在灰烬里有些发烫
不知道如何完全熄灭的我
今天必须熄灭

第二辑 爱至成伤后的祈祷

在野外唱的歌

苍苔长在它认为舒适的角落
溪水只按自己的意愿流淌
青山什么都不愿意挪动
蓑羽鹤没想过要成为丹顶鹤
野花从来不羡慕别的花

只要给我一小片风景我就能活下去
你的眼睛银饰一样发过光
即使我从来没有漂亮过
你也会来看我吗?

2019.6.3

戏

我已是一座废墟
没有名字也没有故乡
没有远方也没有眺望

你若是灰烬
就请来造访
我荒芜的园子也会疯狂

你若是爱情
请携来词语
我们下酒对饮

然后天明
你离去
我是自己唯一的客人

夜

在这一生中千万个你我共同入睡的时辰
不可调和的孤独,你我
徐徐吞饮
无奈、欢喜
像阳光侵蚀流水
花朵侵蚀大地
桑桑鸟侵蚀无邪的梦境

神

你在寂静里

是遮风挡雨的一种隐秘含义

时光流逝,大雪无情

你这么美,让我如何是好

求你洁净我

求你洁净我的心
厚待我如同厚待洁净的田野、河流与庄稼
一生只为了绿一次,再黄一次
结出的果实能够被人类拾起果腹
在日落时分,让我能够安然躺卧,罪被赦免

我不需要站立
我只想深深扎进你的内心

2016.11.14

爱

这是一种我们陌生并且绝无可能拥有的
热流,你却渴望塞给我们更多。
世界被新的事物挪动,而命运
不亚于一场残酷的战争。
是你曾使这个词变得纯净,尔后又弄脏它
就好像我们喜欢你,同时又厌倦你

如果我们明天要去的地方叫做故乡
难道沉默不是最好的爱意?

2016.10.3

因为山在那里

因为山在那里,我写诗

因为太阳温暖,月有清辉,我写诗

因为花也有自己的主人,我写诗

因为星空闪耀,爱如清泉,我写诗

因为肉体和心肠,我写诗

因为你把我折成两段,我写诗

因为黑夜来临,所有伤口都不见了,我写诗

2016.12.17 于陇南

一个孤独的早晨

一个孤独的早晨
姑娘走在路上
像往常一样

如果有人像他
没关系,姑娘
告诉自己
你早已把他遗忘

傍晚回家路上
姑娘步伐缓慢
不同于以往

如果有人像他
姑娘别慌张
告诉他
你早已把他遗忘

2020.9.17

行吟歌手随口一唱

我记得爱情如何消亡

故事不再继续

情诗唯有三行

我记得天曾经很蓝

花儿曾经芬芳

情诗不止三行

我记得遥远的昨日

无边的大黑暗

把我们永远留在了那儿

情诗无人再唱

无人再唱

2020.9.17

未婚妻

地平线每一天忍受落日的烫伤
第二天又把一切原谅
而我一伤心,就要生病

宣扬自己不爱的人
恰恰是因为还爱
可是心儿偏偏喜欢欺骗
对此我早习以为常

在流云与风交织的美丽时辰
你的脸曾紧贴着我的脸
如果我也有陶艺家或雕塑家的本领
我该用这抔尘土捏出一个怎样的你
好使我们既是两人又是一体
我庄重严肃的未婚妻?

2018.9.5

第二辑　爱至成伤后的祈祷

2016 年 4 月 28 日

在这一天发生的无数事件中
只有一件曾与我有关
在无数初次晤面的寒暄中
只有一句被我铭记
在夕阳以亘古的温情照耀行人的时刻
只有一人沐浴在那光中

多少人生蓝图会被一些小小的插曲打乱
在牵手接吻拥抱之后
在分别之后
我们不再互报平安互通安慰
而是一起把这一天从各自的人生中
悄悄抹去
不着痕迹
不遗余力

乐事

三根弦,六根,七根,我都尝试过
生活已经把我磨炼成一堵墙
让我不断往上撞
一个月,三个月,一年零五十四天
我丢失友谊已久
如今只能爱着群山和森林
(唯有没有回应的爱
才是我可以承受的……)

伟人留下了乐谱
(音乐从身体发出,从心灵发出)
没有人不爱音乐
纵使心里万分难受
不知道是爱还是不爱的时候
他也不会不爱音乐
也只能这样了

2019.11.22

歌中雅歌

笔尖与白纸相爱,沙沙沙
删掉的一行,歌中雅歌
沙沙沙

沉默的一天,我把无偿给我的,
悉数浪费掉
万物存在都有理由
草地被夜雨浸润,正抖擞着
绿色的脚尖,害虫有它的天敌
生命之舞昼夜不息
你的出现,正如你的离开
证明了人会为睡中之梦挂怀

现在我终于承认我非深情之人
岁月是一匹枣红马
载着我在无边的草地上疾驰
晴空下,我将要学会离别的所有学问
在相认的甜蜜刚刚渗入心间之后

多么残忍,戏剧般的舞台
是我全部的人生,但这心碎的感觉
雨点般落下
到底是为什么

到底为什么每本书里面
都住着一个天真的孩童
在不断沉降中,他承受过
深海般的苦痛

2019.7.29

对万有引力定律的解释

就像母亲看着自己的孩子选择了较坏的那个

我怒火中烧完全乱了方寸

看着他俩眉来眼去地傻笑

我扭过头十次还是回了头

如果魔鬼就在我边上

一定也很高兴我中了这个老圈套

她美丽吗?

美,但以虚伪为装饰

(而我有素面朝天的率真)

她聪明吗?

情商极高,但不适合做妻子

(而我绝不会爱上别人

如果我正在爱这个人)

一整晚她看着他

他倾听她

为何我要坐在他们二人中间

笑不出来却还要坚持到散场

噢！那只是为了从魔鬼手里夺回他

把他还给他妈妈

如果只是为了留下一首诗

我就能把这一切都忘记……

哪怕在我看不到的地方

他们仍然黏在一起丝毫没有要分离

2018.8.23

石榴那么甜

现在好了
在另一条走不通的路口
既然每个人都是一堵厚墙
我也没有那么多"为什么"了

石榴那么甜,那么好看
我是一首歌可以听一天的人
祖国那么大,我的心那么小
被困住的皆是身外事

你周围的群山在巴黎
在哈里的乞力马扎罗
我们一样热爱山
南或北,东与西
我们使用的语汇却完全不同

2019.9.4

愉悦

森林,我一坐下就会想你
我的爱不坏,不再像女人们那样
绕着一颗心起劲旋转

火球挂在夜空
行星永远围绕着自己的恒星
我不像那样

森林,你的头发闪闪发亮
我再也不写没用的诗了

竹帘安静,被风轻轻掀动
我们睡在青色的天幕下
沉沉地做梦像是没有梦

2019.7.8

夜色温柔啊,情人更适合大海

自迷人的山巅,驱赶着夕阳
沉落山谷,孩子们手执牧鞭
灰尘在地平线后高高扬起
羊群归栏,扭动着温暖滚圆的
白屁股,连同待宰的那一只
夜色温柔,我们笑着吞下
命运递过来的苦杯
抬头时发现轻微的倦意
星空一样蔓延

孩子们哭完过后,甜甜地酣睡
生命折磨着我们眼里阴影的颜色
秋收之前,牧场的青草微微
矮下去一截,像暗自饮泣的悔恨
像我们别无选择的生活
那里,两颗星星正遥遥相对

2019.7.30

海

你一脚踏下天庭

蓝水晶掀起波浪

欢畅蔓延

到我看不见的远方

我胸中爱意涌动

像纸张

静静接受了时间

不动声色的作用

2019.7.30

是好的

清晨送走了黑夜是好的

清晨又会过去也是好的

田间的菜蔬是好的

菜蔬之间的杂草也是好的

房舍是好的

房舍上一日三次升起的炊烟也是好的

树木是好的

树木在春天时是好的在秋天时也是好的

天地之间那躯肉身是好的

那躯肉身是一把尘土被你捧在手心是好的

眼睛是好的鼻子是好的嘴巴也是好的

那颗心爱着我是好的

2020.9.28

黄昏

一张脸,一具肉身
我们带来的东西如此之少
但信任却如此之多
我们信任这些有生命的机体
信任它的健康和温度
在黄昏时分,我们把自己交给另一个人

真好,我们不会搞混
为了给灵魂做记号
我们有了不同的脸和不同的肉身
但我们每次交出去的是哪一部分
没有人准确知道
毕竟是误解让我们更加亲密
爱情不是时时发生

我们在旷野漂泊的时候
多么信任脚下的大地
它曾经紧紧地把我们拽住

2021.2

看不见的恋人

我和别人不一样地珍惜你
在最纯粹的意义上我爱你
爱到我就是你
但我毫无指望
成为生活和恋人

在最普遍的意义上我回应你
用尽我的真心
在我们告别之后
在我们再见之前
我告诫过自己
不去胡思乱想

2020.12.6

我们什么时候才能坦率地面对自己

多么奇怪的一天
我们无话不谈
但发誓不会互许终身
就此相爱
你给了我一个吻
男人的,热切的,真诚的
我回应了你
女人的,迟疑的,真实的
其实我可以给你更多的吻
如果这次不再是只有我在爱
或者只有你在爱

2020.12.6

水上书(一)

我为不懂得如何做好一个女人
而厌烦得头痛
当我单独赴约
只有双脚知道我早已动了情……

你不是我选中的
只有同样的人
才能被同样的爱击中

但我不由自主把双唇靠近
任深色的睫毛颤动
对不起,对不起
我把本该对你说的话
全都对自己说了
于是我知道了我痛苦的原因

2021.2.19

水上书（二）

不为情欲，不为消遣
我不知道这是什么
甘愿又痛苦，像爱

我不过是凡夫俗子
面对深不可见的未知
渴望过坦坦荡荡的生活

但你握了我的手
温柔又虚幻
我对自己说这不是挽留
而是告别
以免我们过多地纠缠
因为爱不能纯洁就不是爱

2021.2

当我们爱的时候,我们在爱什么

我去见你是在半世纪来最冷的那天
我们说话,保持头发干净
带着两颗石头心
我们遇见一个甘愿倒在刀下的人
除了爱,我们还需要什么
除了爱,我们还能做什么
但爱不能长久就不是爱

狂风呼啸,我独自走回车站
晨星没有在我心底显现
要知道,你曾将世界分为两部分
——你,和其他人
而现在,我们都如流沙般脆弱易变

2021.1.17

你真正记得谁

那个送我宝格丽的人
那个跟我接吻之后就忘记全世界的人
"你去哪儿我就去哪儿。"他说
那个吻完之后整整一天
整整几个月都想着我的人
"智商已为零。"他说
那个每次我去见黑暗
并不觉得自己是光明的人
那个我没有见最后一面的人
我还有一些东西在他那儿
他也有一些东西在我这儿
我不知道拿这些东西怎么办
那个甜味的人
那个苦味的人

2021.3

苍耳

隔着万水千山
我们去找那个源头
一条道走到黑
我们写下人生最坦荡的败笔

一种迟来的自我保护
用表面细琐的愉悦
夺回了你的心意

你小小的青涩怀抱
在晴朗冬日的午后日光中
静默如处子的灰色眼睛

我们如此刚强,不需要彼此
而这颗石头心是否领会
火车已经开向另一条岔路
把我们运往另一种生活

2021.1.9

比邻黑夜

这是唯一值得保留的清澈部分
我们步调一致
走过一片光秃秃的冬日树林
人生有了最愉悦的败笔
最无意义的意义我们也找到了
并且我们取笑过大多数事物
连同我们欲火焚身的肉体
在日光之下
我们看见自己的污秽
在每一个反面角色身上
我们看见了自己,无须反驳

蒙起面,藏起自己的羞耻之心
来吧,我们拥抱,接吻
脱下厚重的衣服
像恋人一样面对彼此
没有什么比黑夜更坦荡的了
没有什么比相爱更失落的了

2021.1.9

闪光

白杨用身体遮挡远山
早晨的梦已烟消云散
槐花早已放香
我们比去年更接近死亡

昨夜你在狭小的房间舞剑
你有了一个知音
她的名字是"我"
她在你枕边
偶尔划伤你细长的手指

你已经放下农具,摘了袖套
未来在深井中折射出光芒
你不相信谶语但谶语会找到你
于是你高声颂扬

为自己被选中的命运
为摆脱被诱惑的疯狂

2021.4

天桥

我们曾在天桥上眺望未来
在晚霞的紫色光辉中笑着拥抱
好像我们轻易就拥有了彼此的一生

桥下是川流的车马
远处还有我们倾心吐意的长椅
柳枝拍打着湖面
野鸭用扁平的喙互相梳理羽毛

没人能阻止我们相爱
没人能阻止我们分离
当我经过天桥
即将投入另一个怀抱
过去的一切都在提醒我
爱过后就没法再爱了
虽然这些话如今我只能对自己说
虽然另一个人也曾爱过

2021.1.19

第二辑 爱至成伤后的祈祷

五月

有人在窗外布置了一小片风景

水塘,白杨和栾树

散落的新民居

在五月安静地绿着

阳光下每片叶子都感到满足

我的目光匆匆掠过

人间没有事物能过久地停留

茫茫人海,我们相遇

但很快我会忘记这些名字

然后融入新的人群

爱情不会从天而降

好运也充满了神秘的轨迹

茫茫人海,我们不会再相遇了

我们为此受苦

你是多么美好的树

你的美好在很多年以后

仍然在那里代替我们

承受永福和甘露

2021.5

五月的歌

五月的歌在三月间写成

我曾一百次下定决心不再去爱

但你是夜间的太阳

温暖,迷人,在我看不见的地方

为了与你相逢

我走得过快

于是我看到了星空

在那里

星星变得纯洁

灰尘正在放光

而我并没有错过什么

2021

玛丽娜致莱内①,1926

不要思念我

要来见我

像一个男人那样爱我吧

不要用词语爱我

要用血肉之躯爱我

让诗文都羞愧难当

不,不要用身体爱我

身体最终会派不上用场

生活已由咸转淡

像一个老人那样爱我吧

要爱完这一次就不爱了

2021.2.25

① 玛丽娜·茨维塔耶娃和莱内·里尔克是十九世纪末二十世纪初伟大的诗人。他们从未相见,但二人的书信里有互相倾慕的意味。玛丽娜热烈、不顾一切,在莱内去世之后,写下了不朽名篇《新年问候》。

莱内致玛丽娜，2126

玛丽娜，我是你二百年后的读者

你曾等待我

怀着女人最温柔的情谊

你的心坦率而忧愁

是你用眼泪浇灌的花朵

你的眼睛是祖母绿色

任谁都会被它们吸引

如果我见到你，我一定会爱上你

你让世间其余的人都失去了光华

你的诗句——带着匕首

如果我是男人

（作为一个诗人，我有准确的性别吗？）

又有幸生在你的时代

（你属于你的时代，而我……）

跟你一样有一颗俄罗斯的心肠

你一定会用这把匕首将我刺透

玛丽娜,如果你不喜欢男人粗野的爱
我会像姐妹一样爱你
或者像父母像子女像一只温顺的小狗……

玛丽娜,我知道你需要的是一件新裙子
一些手镯以及戒指
如果你喜欢,我会让戒指戴满你的手指
那只适合写诗和被爱的手指
它们再也不用清洗盘子擦拭泪水
我也绝不会让它去结那最后的锁扣
让它亲手结束你命运多舛的一生

玛丽娜,我们要去划船,去采摘野花
去天堂门口,把花朵轻轻放下

2021.2

第三辑

地下铁

第三辑 地下铁

侠客行

我在北京打工,手里提着华为牌尚方宝剑
这东西里有我们对现代世界的全部信任
音乐、书、社交、衣食住行、钱、工作,
甚至生活的绝大部分
如果非要加上一块免死金牌,那就加上地下铁吧
这是我们对市内交通工具又爱又恨的依赖
虽然更多的时候我们更信任自己的双脚
当它们实实在在地走在蓝天下
我们感到生命被生命一点一点填满
当地下铁幽灵般浮出地面
我们的眼睛感到多么幸福与舒适
就像侠客有了金盆洗手的冲动
——要是看不到天边可怎么生活啊——

班杜拉,扎念琴,旋律是一样的旋律
钴蓝,孔雀蓝,天是一样的天
只是我们爱上的世界不一样

天很蓝

还没到告别的时候

2019.8.27

第三辑 地下铁

我们乘地下铁去市中心

我们乘地下铁去市中心

从郊区的大学城出发

97路公共汽车先把我们运到南站

沿途没什么值得一提的风景

我们读着彼此眼里的亮光

说着前言不搭后语的废话

那是二十岁的夏天

未来还没揭下她肮脏的面纱

我们初尝烟草和酒的浓烈滋味

用沉溺掩饰厌恶

很快我们就感到不必被它们牵制

谢天谢地,青年时代如此短暂

愚蠢和粗心大意的爱也随风而逝

我们用口袋里的硬币换两个塑料地铁币

在地底下长时间穿梭

人群疲倦,我们却唯恐时间和精力太多

在某个出口,我们钻出地面

博物馆、图书馆、夫子庙、先锋书店、旧货市场
……
其实我们一起去过的地方根本就不多
那年头，明明时间多到难以打发
我们更多的只是在学校附近转悠
偶尔步行到公共汽车去不到的地方
那些游荡的岁月，如此闲长
后来我在不同的城市乘地下铁
很少记起我们当初对所有事物发笑的
原因，我脚下踩着巨型滑板车
没再找到一个同路人

2019.8.2

第三辑 地下铁

波浪

雨雾蒙蒙的整个夏季
我与远山只见过一次
我们换乘的那条轨道
沿途的树木稀稀拉拉
晴天的时候
光线很快就会偏移过去
然后我们沉入地下
眼睛黯淡下来
辨认哪一种情感更为高级的一天
像幔子裂开

我还在期待什么？
裹在蚌壳里的女人
牙齿白白，唱霓裳羽衣
生活有时候像远方高原上沉静的湖
跟我一点关系都没有
沉痛却像远山一样
虽看不见，但我们都相信它还在那里

心无定见的人根本不必在乎什么永恒
万物的光辉由我的眼睛轻抚
我眼里的波浪完整又分明
美丽又遥不可及
你可以看到
如果你也来自那永恒……

2019.7.22

第三辑 地下铁

白头如新

每天我都要两次路过一片待开发的土地
列车把我从山脚下送到人类文明的中心
傍晚时分又把我从市中心送回大山的怀抱
我们这一代的人大多如此
生活与理想已经混杂不清
但谁都没有勇气归园田居

那片荒滩紧挨着一条不起眼的小路
一片原始的树阴覆盖着它
深黄色的被梳理过的田垄在另一侧开阔绵延
温暖的色泽让人误以为是丰收
人们已经放弃了农业
转而对土地进行反复的建造与修改
高楼就在不远处的山麓拔地而起

那条路不知通向何处
路口的白色汽车简直像是在下雪
因为离家太久,我也几乎忘记了季节

夜幕缓缓降临，它对我们没有伤害

而这风景竟与我家乡的如此不同

2019.6.28

第三辑 地下铁

黄昏,我们钻进地下铁

黄昏,我们钻进地下铁
车厢带着我们在地底下穿行
那儿曾是先祖的居所
如今被活人霸占
铁轨顺畅而迅疾
钳子一样把我们带回租来的家

我羡慕地面上的夕阳
正照在沉默而耸立的高楼上
玻璃窗反射着它温暖的橘色
宇宙依然有条不紊地运行
当我们穿过漫长的隧道
土拨鼠一样钻出地面
夕阳正沉下山
把我扔到了世界的另一边

2019.5.27

火车有五站时间在地面上跑

列车在抵达南邵站之前钻进了地下
我的眼前是黑漆漆的隧道以及
玻璃窗上车内灯火通明的倒影
刚才地面上的那轮落日
与昨天的不太相同
云层和光线环绕、渲染着
我们居住的这个星球上最伟大的奇观
我目不转睛地看着天边
真希望这世间有一种职业
叫落日观望者

可是每天坐火车上下班的人
对这种景色感到厌倦
对于他们来说
火车在地面上的那几站
跟在地底下的漫长时间并无不同
反正他们把大部分事物都看作

第三辑　地下铁

自己人生路上的过客
所以在西天默默发生的一切
与东方也没什么区别

2019.6.15

我们绕过远山

地铁在地面上画着圈
我们绕着远山做离心运动
白云似有若无地闲荡
这千百年不变的天真景象
柔软人的心,毫无防备

今年,我换了工作
头一次认认真真地面对
季节的转换和人世的深井
年轻时被我忽视的事物
现在正在吸引着我
年轻时百无聊赖的经历
也正以隐秘的方式影响着我
重新打量世界的眼光

秋风刚刚刮了两夜,一些树叶
率先老去,率先飞离枝头
迅速地过完了一生

因为疾风劲雨或虫病扰乱
而没能坐果的部分花骸
会平心静气等待来年

激发人们野心的高楼
把现代世界拉入贫瘠的内心生活
在我们即将被山峰甩开的地方

2019.8.16

夜幕中的地下铁

铃印的下午,我遇见一个好人
现实的层叠让我变得友善
充满紧张和期待的时期已经过去
未来的一切都平静如波

回家的路上,读到一首好诗
出自我曾不屑的一位男士
他以往所有作品加起来
也比不上这一首
但我曾把他得罪,料想
我的赞赏并不会让他更开心
于是很快,我就把这事给忘记

秋风吹过早晨的天空
把壮阔的景色留给了我
此刻,地下铁内亮起的灯火
阻碍了我看清包裹着我的黑暗

第三辑 地下铁

荒滩在远处,向我传达着
时令不算太晚,坡地仍旧葱茏
多年以后他也会这样把我念及

2019.8.12

地下铁司机

难以估量的时间的脚步如何察觉
当你一整天都在轰隆隆的响声中摇晃
幽暗的地下除了隧道里的灯带以外
再也没有什么富有生机的颜色或物体
能够抓住你的眼球引起你的愉悦
但你必须目不转睛盯着被切割的黑暗
虽然每一段之间并无不同
因为每隔三五分钟
你必须让脚下这个庞然大物反复演练
从腾跃忽至静止的技艺
就像驯兽师无心惹怒一头危险的雄狮
之后却能施以安抚使它准确躺卧在你脚边
掌握节奏和力度是绝妙的艺术
我们看为重要的一生也是如此
一站又一站，永远没完
一天又一天，你计算着何时重返地面
那里孩子们开心地舔着甜冰棍
还不知道什么是苦味

2019.6.20

天是怎样黑下来的

公共汽车载着我们从市中心驶向郊外
孩子在你腿上睡着,头戴粉红色帽子
像是来自莫斯科的天使,她眉清目秀
也像极了你,你爱她胜过世间任何人
高楼和街道被雾蒙蒙的夕阳光晕环绕
车内光线也渐渐昏暗,我们看看窗外
又彼此相望,心想这大概是最后一次
乘坐这样悠闲的慢车观赏天黑的过程
我前途未卜四处飘荡,不知来年是否
还会回来,而眼泪突然在眼眶里打转
因为街灯亮起,天使醒来后冲着我笑
你们会先下车,剩下的路我得自己走

2020.1.17

关于棕榈树的唯一一首诗

南迁以来,你感觉每件事都是错误。
天晴得厉害,路旁的棕榈树笔挺
但这里很少有风
腊肠树的果实陈落满地
像一根根枯萎的树枝
鸡冠刺桐早就开过了
夏天刚刚过去一半
小叶榕的树色多么浓重
但你没有藏身之所

"自由"随意进出你租来的公寓
街市上的腥臭味让你只想待在屋里
你知道人生不能就这样停下
否则你很可能再次犯错或者病倒
为了让你不钻牛角尖
上帝为你准备了工作
而当你在外面收获了足够多的不愉快
上帝又为人准备了家

第三辑 地下铁

只是关于如何爱
到现在你还什么也没学会
如果没有任何人爱你
而你仍在爱（某个人或更多的人）
状况会不会有点难堪？
毕竟女人们都雄心勃勃
目光坚定地养育自己的孩子
以期在他们身上扭转
自己失败的人生
而那会被称为伟大
你怀疑过这个词的黑色幽默
但如今你坐困愁城
感觉那份工作正在杀死你。

你嫉妒过每一个人
包括天桥下那个拨弦三两声的流浪汉
你也想如他一样走到哪算哪
但相比之下你更喜欢天黑之前有家可归
所以现在你会自言自语：回家。
洗澡时，你眼皮沉重
将这些无用的思想冲进了下水道
连同那曾经被细数过的头发

人们之间的许多联系已经失去

只有物质还在纠缠

其实你喜欢青山

但你并没有住在山脚下

2020.7.20 于福州

第三辑 地下铁

在必经之路上

为赶清晨上班的公交而奔跑的汗水
为生活与渴望所皱起的眉
为路旁顺从而美好的树冠
为从不准点抵达的晚班公交而跺过的脚
这一切,你周围的人都不会了解
甚至你唯一的至亲对此也漠然一笑
也许曾经有一位,但你亲手终结了这段友谊
虽然这让你抱憾,但你并没有更加珍惜那后来的
从吾珥到埃及,从巴比伦到亚述
人们匆忙前行,不在意你的缓慢倒退有
另一种意义,另一个中心。
一生只做一件事难道不好吗
你只能在内心对自己说,跪在地上说
也许今生被你过成什么样他并不看重
孤困乃世人必经之路
你知道。当你在世界穿行
他让你前进,也使你后退
而如果你保持抬头仰望的姿势
脚下的水坑也不能伤害你一丝一毫

2020.8.28

为鼓起勇气而祈祷

忍受自己的乏味之后

我们整顿行囊重新出发

相信故事会有新的开始

列车钻进山洞之后

我们就再也没有办法过那种

选择了就不再挪动的生活

然而我们可以祈祷

祈祷在世界的牢笼中

我们仍旧可以享受空气、食物和水源

尽管它们多少都已被污染

祈祷不要被时间追杀

尽管写下这个词我们就离死亡更近一些

空白和黑暗交缠的间隙

我们可以趁隆隆巨响祈祷

祈祷在书中遇见一个反面角色

遇见包法利夫人

2020.11.23

为能继续受苦而祈祷

第三辑 地下铁

你磨炼我像磨炼一个男人

你使我变苦,像伟人们都曾经历的那样

他们眉头紧锁,目光灼热

手掌布满劳作的老茧

爱情是一个不真实的词悬在头顶

他们用皱纹换取智慧

当他们跪在地上,你取走他们的梦

给他们一段长久的空白

让他们学会只与自己对话

不必留下任何文字

因为那些稀松的记号

只会暴露他们的肤浅

一再把他们掀翻在狮子坑之后

你的话就会说到:

"擦干你无用的眼泪,闭上你怨气熏天的嘴唇

忘记你自己。昨天已经过去，

连同你眷恋和厌倦的一切。

现在，起来，拿你的褥子，走吧！"

2020.9.3

为什么都不做而祈祷

现在,这里是一座荒山。
春天曾经来过,但没有事物能逃过时间的手掌。
湖面曾经顺着风的意思吹起快乐的涟漪
细小的驼绒藜团成温暖的垫状
这里,曾经是乐园一角。

这里,曾经是乐园一角。
草垫被牛羊热乎乎的嘴唇吃掉
湖心感觉自己爱上了白云
冬天来过,雪化成水流入湖心
风随着自己的意思继续吹
现在,这里仍是荒山一座。

2020.11.23

为开始撤退而祈祷

当我还没开始爱,爱就消逝了
冒险的人总是不小心走得太远
爱过的山青水绿
梦见你的梦
道路太漫长
我们面对面
我们很孤单

2020.12.26

第三辑 地下铁

出口

以前我搭地铁去见那个人
从 C 口出来,他会在那里等我
然后剩下的时间就是我们的
骑车去看电影,绕很远的路去吃饭
沿着湖走过一圈又一圈
看我的眼映在他的眼里

后来我还是搭地铁到这一站
关于出口的记忆已经出了差错
因为后来这个人不会在那里等我
剩下的时间我得单独走上 15 分钟
才能到他家,他在那里等我
他换了干净床单
在床上洒了很多香水
但他并不爱我

2021.3

霾沙沉醉的三月

霾沙沉醉的三月
每一个白昼都像是傍晚
我们共享一张床榻的傍晚
每一句问候都被黄沙巧妙地修饰
亲爱的,我在这里,你看见了没有?

而你不必回答(寻找)
因为爱情不是靠视觉
而是凭感觉

2021.3

第三辑 地下铁

也许只有这首诗不多余

生活正在把我变成一个男人

乳房是多余的（它会周期性疼痛）

月经是多余的（它会让人无力）

对视是多余的（反正我们的眼睛不再亮晶晶）

见面是多余的（我想见你的时候正好你也想见我？）

爱是多余的（它莫名其妙又无法挽留）

想象是多余的（没有想象就没有快乐，当然没有想象，
　　也就没有了痛苦）

写诗是多余的（嗯，所以我现在该闭嘴上床去睡）

至少我还有一张床

它永远不多余（直到我用不上它的那一天）

2021.6

在北京第五个年头了

在北京第五个年头了
有一件事我深恶痛绝
地下铁夏天冷冬天热
我觉得肯定是搞错了
和我一起坐车的青年
是不是已经飞黄腾达
我还在地下铁写诗
多好的诗啊
但我帮不了你

2021.7

芹菜

第三辑 地下铁

裙带菜蛋花汤在锅里

咖啡杯没有洗

水果切开时间稍久会变酸变黄

我把时间分成无数小份

别人背琴,我背芹菜

芹菜青又长

昨夜有人诵读李白

窗外霁月清风

厨内锅碗瓢盆

以手抚芹菜

一手剁之

音韵悠扬

2021.6

五月与四月

五月与四月没有任何区别

吃下去的食物,走过的路,见到的人

今年与去年也没有什么分别

每天的工作,处理的文件,喜欢的书

这个世纪与上个世纪,我们想留下

关于这一切的愿望同样强烈

我们觉得好多记录被刷新

尽管事物的两面性谁也无法否认

若是承认我们投身其中的生活和规则

本质上是一台惯性强大的机器

我们就彻底输了

羊毛出在羊身上,我们一如既往

喜欢避重就轻,并且变得道貌岸然

世间有许多条路

我们选择了越走越远的一条

我们已经认定沉默是一种生理缺陷

因此无比热衷于制造各式噪声

第三辑　地下铁

当我们独自一人时,我们会一条一条地
保存好那些风中的对话、留言和信件
然后在一个阴郁的日子里一股脑儿全删掉

2021.5

现代装饰艺术

鱼是现代装饰艺术中的绝佳元素

鱼是水里的星,生于黑暗

却被赋予光明的使命

鱼不叫唤也不交谈

鱼吞吐空空的气泡

并保持完整的球状

无声的热闹里没有语言

鱼是一个词,词会寻找词

词会生出更多的词

鱼用爱来联结词

但词是现象——现象并不打算互相理解

鱼用伤口般的鳍分割整片海水

像一个影子,穿过所有事物

双眼被构成自己的东西充满

2021.4

现代睡眠

我们在工作的间隙睡觉

我们趴在办公桌上睡觉

我们歪在转椅上睡觉

我们站着睡觉

紧紧握着手机

我们坐着睡觉

在下班后的地铁上

我们在迁徙的交通工具上睡觉

沉重的头枕着肮脏的行李

我们抱着陌生人睡觉

醒来后我们更孤独

我们吞下一粒药丸后睡觉

在离大地更远离天空更近的地方

我们很累

但我们睡不好

2021.3

现代战争

在一个价值模糊的时代
我们离开家乡
是被迫也是甘愿
田地在荒芜
葡萄架早已拆除
几座旧坟孤零零
坚守着身下一方泥土
野草和野花天真地把家安在这儿
这片土地终将不保
这片土地上什么都留不住

我们把房子建在铁路边
以便可以随时走开
我们把铁路延伸到更远的地方
以便在彼地想念此地
其实我们哪儿也不会想念
我们丢失了故乡
也丢失了感情

第三辑 地下铁

现在我们在大地上四处走动
没有安身之所
我们劳碌，收取必坏的吗哪①
在春天送出定情信物
在夏天时独自痛哭
她没有回来
她让一切都成为徒劳

今年什么都不想添置了
节衣缩用，保持衣柜宽敞
以便我们不断拔营时
可以走得更利索些
仿佛为了躲避追兵
仿佛我们是在一场场战争中
活过来的
幸存者

2021.3

① 吗哪：以色列人在旷野里漂泊时从天而降的一种食物。样子像芫荽子，颜色是白的，滋味如同掺蜜的薄饼。

地下铁里是阴天

地下铁里是阴天,我确信
穷人叹息命运和没享受过的好日子
既然人人都得去地下安眠
提前待在这里又有什么好处
但是我们闭上眼睛
塞上耳机
拿起手机
我们开始活过来
在工具的协助下
有一个更好的世界

年轻人不再去草地上浪费时间
也不把喜欢的姑娘约到年老的树下
池塘里的鸳鸯拨动蹼掌
专供穿红戴绿的老年人欣赏
垂柳无人来折
青山无人唱和
这些当然很好

第三辑　地下铁

但这不是我们的世界

孩子和老人不属于这里
这里挤满了年轻的身体和苍老的灵魂
如果我不去看身边站着的是谁
却跟他靠得像恋人那样近
不要惊诧
那不过是因为车厢太拥挤
而我恰好感到有点孤独

因为适者生存
我们得赚到养老的钱
因为我们搭上了一根离弦之箭
有一个世界快得适应不了我们的眼睛
而另一个却在我们心里逐渐消失

2021.7

地下铁之歌

城市里每一阵阴雨潮湿都和往年不同
但地下铁里每一段黑暗都与往年相似
面对它们我可以活下去
在地下铁,我是个小人物嗯嗯呀呀

每一句拾人牙慧的话都看似有理
但地下铁里我们以沉默对抗孤独
面对它们我可以活下去
在地下铁,我是个小人物嗯嗯呀呀

每一件衣服都可以穿到念旧
但地下铁里我们都身披廉价彩衣
面对它们我可以活下去
在地下铁,我是个小人物嗯嗯呀呀

年轻人熬白了头
但建筑工地上绿草钻出网袋拼命向上生长
面对它们我几乎活不下去
在地下铁,我是个小人物嗯嗯呀呀

2021.7

第三辑 地下铁

来，我们去地下铁

来，我们挺起肥胖的肚子

去地下铁，去抢占一个位置

把肚子放好，避免剧烈摇晃

来，把背稍稍弓起

找一个舒服的姿势

在人满为患的地下铁

也可以营造出适宜办公的氛围

来，让我们一起垂下眼帘

抬起手掌，让手机

与我们的目光交汇

来，折断我们的翅膀

既然要长久蛰居地下

天空就变得多余

来，把心掏出

找个地方埋好

再种上一棵常绿树

免得我们无法分清季节

2021.7

新的一周开始了

新的一周开始了
在地下铁,我穿着新衣服
觉得自己很旧
空间狭窄,我的背包
蹭着别人的屁股
没办法,我只得看一本旧书
好让自己变成新的

2021.7

第三辑 地下铁

我在草地上坐着

我在草地上坐着
太阳从左边
好心地绕到了右边
我很快乐
我看到青草和小树
也很快乐
我们搬来整箱啤酒
唱了一支古老的歌
我们哭过
犹如一阵清风
把自己交给全能的主人
生命就该如此度过
我们在草地上坐着

2021.7

忘记了

童年太痛苦了,
我把童年忘记了

爱情太痛苦了,
我把爱人忘记了

死亡太痛苦了,
我把时间忘记了

分离太痛苦了,
我把故人忘记了

生命太痛苦了,
我把黑暗忘记了

黑暗太痛苦了,
我把光明忘记了

第三辑 地下铁

光明太痛苦了,
我把光明忘记了

2020.4.11

林中客

在大地上找不到家乡的人
都喜爱你,你的生命不是
一次枯燥的叙事,像我们
你更像一支没由来的妙曲

人类喜欢哇哇哇说个不停
因为我们并不擅长当听者
而你不同,你让我们自愿
安静下来沉入遥远的回忆

任何事物抵达极致便无言
我们都心知肚明如果我们
爱一个人到了疯狂的地步
我们会喉头发紧一言不发

2021.7

第三辑　地下铁

我知道他终将原谅我

漫长的下午
阴影退去,我躲在暗中
祈祷无可追忆的日子

贪吃蛇在云层下欢快地奔跑
我们温顺地被吃进它的铁肚子
今天刮过风了,天蓝得让人想要
为它牺牲点什么,但它不会
因为我的狂喜而放弃自己的欢娱

人生是由快乐联结起来的苦难史
没有例外,我知道
我们每个人都被安排了一种生活
就算它被我们过成了别的样子
太阳仍挂在天空
迷人的人会有千万个
让我爱也爱不过来

2019.7.6

素舸

我是一个不太规划未来的人
我随着海上的波浪时起时落
但我不把这悲观地称作：命运
我乘坐的小船毫不起眼
但我把它补得很牢靠
当夜晚来临
我睡在小船里
还有什么样的未来堪比头顶的星空？

2021.7

中国好诗

心上没有诗，就像地上没有花朵

第一季

《山中信札》·路也 著
《为何生命苍凉如水》·刘年 著
《女巫师》·宇向 著
《山冈诗稿》·王单单 著
《悬崖上的沉默》·雷平阳 著
《去人间》·汤养宗 著
《无端泪涌》·陈超 著
《必要的天使》·臧棣 著
《白云铭》·江非 著
《我们来谈谈合适的火苗》·杜绿绿 著

第二季

《让我背负你的忧郁》·郑玲 著
《响器》·马新朝 著
《半张脸》·商震 著
《个人简历》·娜夜 著
《挑滑车》·轩辕轼轲 著
《徒步穿越半个城市》·邰筐 著
《向命要诗》·沈浩波 著
《栖真之地》·桑子 著
《无数灯火选中的夜》·冯娜 著
《数星星的人》·王珍 著

第三季

《妥协之歌》·李南 著
《用小号把冬天全身吹亮》·梁晓明 著
《空楼梯》·胡弦 著
《自己的心经》·叶舟 著
《锦瑟》·何向阳 著
《隔空对火》·荣荣 著
《我们的暴雨星辰》·姜念光 著
《浅妄书》·蓝野 著
《微甜》·白庆国 著
《大师的葬礼》·严彬 著

第四季

《事到如今》·张新泉 著
《入林记》·张二棍 著
《落在海里的雪》·王小妮 著
《群峰无序》·大解 著
《数一数沙吧》·沈苇 著
《镜中》·舒丹丹 著
《自然主义者的庄园》·阎安 著
《我不想大张旗鼓地进入你的生命之中》·巫昂 著
《一株麦子的幸福》·罗振亚 著
《我本孤傲之人》·江一郎 著

第五季

《山顶》· 李琦 著
《大地上万物皆有信使》· 刘立云 著
《深情可以续命》· 潘洗尘 著
《大鱼》· 徐南鹏 著
《今生荒寒》· 殷龙龙 著
《镜中白马》· 梁尔源 著
《爆破音》· 胡茗茗 著
《逆风歌》· 张远伦 著
《余音》· 灯灯 著
《不能的风》· 余幼幼 著

第六季

《万古烧》· 张执浩 著
《编织蓝色星球的大海》· 邱华栋 著
《世界的每一个早晨》· 谷禾 著
《濒临》· 龚学敏 著
《山河边关记》· 丁戎耕 著
《不惑的绳结》· 张常美 著
《封龙获鹿》· 孟醒石 著
《开门见山》· 慕白 著
《一个声音离开了合唱团》· 臧海英 著
《雪旅》· 张烨 著

第七季

《苍山下》· 赵野 著
《我已寂寞过了》· 人邻 著
《思想过程》· 梁鸿鹰 著
《收集风声的人》· 姚辉 著
《云尽处》· 马占祥 著
《我想活得像一朵云》· 罗鹿鸣 著
《除了爱和祈祷,我别无长物》· 吕达 著
《野象群》· 丁小炜 著
《日常礼物》· 康雪 著
《在众生中被辨识》· 李长瑜 著

扫码进入小众书坊有赞商城
京东小众雅集专营店
购买本系列丛书